각자의 위치에서.

할 수 있는 것을.

우두마면
마두마면

이분이 염라대왕 되시겠다.

바통 터치

카넬 지음
영인 일러스트

목차

꿈 이야기

꿈.

꿈을 꾸고 있다.

어울리지도 않는 수염을 한 사랑하는 아사달 오라버니. 아사달 오라버니께 불필요하게 과대한 지방 덩어리를 밀어붙이며 애정을 과시하는 가희. 덕분에 심기가 불편해진 내 손을 잡아 주시는 안주인님. 그걸 한 발자국 뒤에서 어쩔 수 없다는 표정으로 바라보는 주인님.

그리고 기타 등등의 분들.

다른 분들의 취급이 심한 것 같지만 이건 내가 꾸고 있는 꿈이다.

무슨 상관이겠는가.

이런 꿈을 꾼다는 것만으로도 부끄러워 접시 물에 코를 박고 싶은데.

나에게 염치가 있다면 이런 꿈을 꾸어서는 안 된다.

최소한.

최소한 안주인님과 주인님, 두 분과 함께 있는 나의 모습을 꿈꾸어서는 안 된다.

같은 실수를 반복할 수는 없다.

안주인님의 행복을 위해서.

내 소원을 이루어 주신 주인님을 위해서라도.

하지만.

그럼에도 꿈의 장막은 거두어질 줄 모른다.

꿈을 꾸는 것만이라도 허락해 달라는 듯이.

시작하는 이야기

갑작스럽겠지만.

"이래도요? 이래도 참을 수 있으신가요?"

내 얼굴은 우유향이 흠뻑 나는 여자애의 가슴 사이에 파묻혀 있다.

자라나는 청소년에게는 그 자체만으로도 자극이 심한데, 두 손을 이용해 비벼 대며 내 안면을 널리 이롭게 하려는 그 행위가 얼마나 위험한지는 말할 필요가 없겠지.

"우으으읍!!"

이런 상황에서 내가 할 수 있는 건 신음성을 흘리는 정도다. 내 딴에는 최대한의 저항이라고 생각하지만, 기분이 싸한 걸 보니 그리 큰 어필은 되지 못한 것 같다.

랑이에게 말이지.

"이, 이제 충분하지 않느냐!"

이성의 저편에서 들려오는 랑이의 성난 목소리를 보니 내 생각이 맞는 것 같군.

제대로 보이는 게 없지만, 그래도 알 것 같다.

랑이가 지금 분한 표정을 짓고서 어쩔 줄 몰라 하면서 발만 동동 굴리고 있다는 것을.

상대가 나래였다면 귀여운 질투를 보이는 정도로 끝났겠지만, 안타깝게도 지금 내게 이런 천국을…….

아니, 나를 지옥에 빠뜨리고 있는 여자애는 나래가 아니다.

그녀의 이름은 우두마면.

자신을 염라대왕의 명부 권속 중 한 명이라고 소개한, 저승의 문지기라 할 수 있다.

그런데 내가 왜 저승의 문지기에게 이런 행복한, 크흠!

험한 꼴을 당하고 있냐고?

"아직 충분하지 않아요, 호랑이님. 요괴의 왕께서는 아직 자신의 욕망을 드러내시지 않았는걸요?"

그렇다.

이건 일종의 관문이다.

염라대왕을 만나기 위해 거쳐야 할 관문.

……내 자제력을 시험하는 게 아니라.

"그야 당연한 것 아니느냐?! 성훈이는 그런 쓸모없이 큰 가슴보다 나처럼 아담한 가슴을 좋아하니까 말이니라!"

랑이야, 너는 아담한 게 아니라…….

아니, 지금 그런 이야기를 할 때가 아니지.

슬슬 눈치챘겠지만, 나는 지금 저승사자에게 잡혀간 세희를

만나기 위해 저승에 쳐들어온 상태다.

당연히 살아 있는 몸으로 말이야.

그러다 보니 내가 염라대왕을 직접 대면하는 것은 여러모로 문제가 있다는 이야기를 저승의 문지기인…….

"그렇게 말씀하시는 것과 달리 요괴의 왕님의 옥체는 정직한데요?"

지금 그딴 이야기를 할 때가 아니구나아아아아아!!

그리고 반응 안 했어! 야! 반응 안 했다고!

아, 아무리 강철 같은 자제력을 가지고 있다 하지만 나도 사람인지라 조, 조금은 뭔가 평소와 달라진 점이 있을 수도 있겠지만!

어쨌든 아니야!

"으냐아아아앗!! 그럴 리 없느니라! 절대로 그럴 리 없느니라! 내가 직접 확인해 보겠느니라!"

그러니까 그런 말 하지 마! 이쪽으로 오지 말고!

"으으으으읍!!"

그런 생각이 신음으로 나왔다.

애초에 머리를 꽉 잡힌 채 비비적비비적 당하고 있으니까 입을 제대로 열 수가 있어야지!

"보거라! 성훈이도 확인해 보라고 하지 않느냐?!"

"그러면 직접 확인해 보세요, 호랑이님."

평소에는 들리지 않는 발걸음 소리가 지금만은 여름날의 매미 울음처럼 선명하게 들린다.

안 돼!

하늘에 우러러 한 점 부끄러움이 없지만 그래도 이건 아니야!

나는 시험이고 나발이고 일단 나라는 인간의 존엄성을 지키기 위해서 있는 힘껏 우두마면, 줄여서 우마를 밀쳐 냈다.

꼼짝도 안 했지만.

내가 지금 밀고 있는 게 내 또래의 여자애인지, 아니면 태산인지 모를 정도다.

젠장, 겉모습은 어쨌든 괜히 저승의 문지기라 이거냐?!

“걱정 말거라, 성훈아! 내가 널 구해 주겠느니라!”

그거 아니다아아아아아! 구해 주는 거 아니야아아아! 나를 사회적으로 매장시키는 거다아아아아아!

그런 끔찍한 일은 무조건 막아야 한다.

……하지만 저는 우마에게 잡힌 채로 꼼짝도 할 수 없었습니다.

이렇게 사회적으로 매장당하는 건가 생각한, 바로 그때!

랑이의 목소리가 바로 앞에서 들려왔다.

“……그런데 어떻게 확인하면 되는 것이느냐?”

……순수하고 순진한 랑이여서 살았습니다.

하지만 내가 안심하는 순간.

“그건 말이죠, 호랑이님.”

폭탄을 던지려는 우마 때문에 나는 정신이 퍼뜩 들었다.

그 일만은 막아야 한다!

그런 끔찍한 일은 무조건 적으로 막아야 해!

아직 그런 지식은 랑이에게 일러!

"어머나?"

랑이의 순수함만은 지켜야 한다는 일념!

그 마음이 기적을 일으켰다.

"헉, 헉, 헉, 헉."

겨우겨우 우마를 밀쳐 낼 수 있었으니까.

뒷걸음질 치다가 콩 하고 엉덩방아를 찧은 우마는 당황한 눈초리로 나를 보았지만, 지금 신경 쓸 건 그런 게 아니다.

어디로 향할지 모르는 손을 들고 있는 랑이지!

"괜찮아, 랑이야. 응. 괜찮으니까. 확인해 볼 필요 같은 건 없어."

나는 혹시나 모를 참사를 대비하기 위해 한 손으로는 허리춤을 꽉 붙잡고, 다른 한 손으로 바로 코앞까지 다가와 있는 랑이의 머리를 쓰다듬었다.

랑이는 살짝 불안해하는 목소리로 나를 올려다보며 말했다.

"……정말이느냐?"

"그렇다니까."

내 확언에 랑이의 얼굴에 저승과는 어울리지 않는 꽃이 피었다.

"응! 역시 내 지아비이니라!"

휴우…….

이제 좀 한시름 덜었군.

아! 혹시나 모를 오해를 할까 봐 정말 쓸데없는 변명을 해 두자면.

내 몸에는 아무런 문제도 없다.

하지만, 그, 뭐냐.

그렇고 그런 일에는 정신적인 문제도 상당히 영향을 준다는 것도 알아줬으면 한다.

저승이라는 장소와 사랑하는 사람의 앞. 그리고 자신의 성적 욕망을 드러내면 안 되는 상황에서 육체가 정직한 반응을 보일 정도로 나는 둔감한 사람이 아니라고.

내가 그런 생각을 하고 있을 때.

우마는 엉덩이에 묻은 흙을 털어 내고서는 곤란하다는 듯 머리에 난 뿔의 밑부분을 긁으며 말했다.

"하지만 이래서야 요괴의 왕께서 염라대왕님께 위험이 되지 않는 분이신지 알 수가 없는걸요."

그래.

혼란을 틈타 짧게 말했지만, 내가 지금 우마에게 이런 시험을 당한 건 다 이유가 있어서였다.

만약 내가 죽은 사람이었다면 이런 인간성과 사회성을 거는 시험은 필요 없었겠지.

이곳은 저승.

죽은 이라면 그 누구도 염라대왕의 힘에 무릎 꿇을 수밖에 없는 곳이 바로 저승이다…… 라고 우마에게 들었다.

하지만 나와 랑이는 페이의 도움을 받아 살아 있는 몸으로 저승에 왔다.

살아 있기에 염라대왕에게 복종하지 않을 수 있고, 그 말은 다른 식으로 생각하면 염라대왕에게 해를 끼칠 수 있다는 뜻이다. 그러니 염라대왕의 안위를 위해서 내가 어떤 인간인지 확인해 봐야겠다…… 라는 게 우마의 주장이었다.

그런데 말이야.

"지금 봤잖아? 내가 너한테 잡힌 채 꼼짝도 못했던 걸. 그런 내가 어떻게 염라대왕한테 해코지를 할 수 있겠어? 그 순간 내 목이 먼저 날아갈 텐데."

"하지만 지금 직접 겪었는걸요? 요괴의 왕께서 순수한 마음의 힘으로 저를 두 손으로 밀쳐 내는 걸."

나긋나긋한 목소리로 잘도 의중을 찌르는 말을 하네. 하지만 나는 지금까지 세희에게 단련받아 왔다. 이 정도로 '그러면 어쩔 수 없군요. 다시 시험을 받겠습니다.'라고 말할 것 같아?

……처음에는 이런 방식의 시험인지 몰라서 말했지만, 지금은 다르다!

"아니, 그보다."

이럴 때는 말을 돌리는 게 최고지.

"애초에 말이야. 꼭 이런 방식으로 해야 해? 다른 방법은 없어?"

내 주장에 우마는 한층 더 고개를 기울이며 말했다.

"요괴의 왕은 색욕가. 그러니 정욕을 발산하는 순간, 영성의 본질이 드러나서 그 어떤 방법보다 확실하게 그 품성을 확인할 수 있을 거라 생각했을 뿐인데요? 뭔가 다른 좋은 방법이 있나요?"

그놈의 소문은 언제까지 내 발목을 잡을 거냐?!

나는 만약 옆에 있었다면 한쪽 입꼬리를 올리며 나를 비웃었을 세희를 마음속으로 욕하며 우마에게 말했다.

"내가 색욕가라는 건 알면서, 로리콘이라는 건 몰랐나 봐?"

나도 이런 말을 하고 싶지는 않다.

세간의 인식이 떨어질 때로 떨어진 것과 상관없이, 이건 나 스스로를 속이는 거짓말이니까.

"응! 성훈이는 로리콘이니라! 그러니까 그런 크기만 한 가슴으로 성훈이를 유혹하는 것은 의미 없느니라!"

……아니, 의미 있거든?

그러니까 그렇게 뿌듯하게 가슴을 펴지 말아 줘, 랑이야.

나는 로리콘이 아니야. 내가 사랑하는 네가 어린애일 뿐이라고. 내 이상형은 가슴이 큰 누님이란 말이다.

아무도 믿지 않겠지만 그게 사실이다.

"그, 그래."

하지만 나는 랑이의 말에 동의할 수밖에 없었다.

사람이 큰 목표를 이루기 위해서는 작은 피해는 감소해야 할 때가 있는 법이니까.

이곳은 저승.

지금 나와 랑이 앞에서 남대문을 연상시키는 커다란 저승의 문을 지키고 있는 것은 우마 한 명뿐이다.

그리고 우마는 정말 겉모습만은 내 취향에 딱 맞는 연상의

미인이지.

마음을 편안하게 하는 가을날 낙엽 같은 연갈색의 웨이브진 단발과 그 사이에 부드러운 곡선으로 우뚝 솟아 있는 두 개의 쇠뿔. 그 끝이 내려간 눈매 때문에 나긋나긋해 보이는 인상에, 붉은색 바탕의 노출 없는 옷에도 불구하고 존재감이 부각되는, 그리고 내가 실제로 증명한 커다란 가슴.

그 가슴만큼이나 키도 큰 편이다.

즉, 어린애가 아니라는 것!

우마의 방식대로는 시험을 치룰 수는 없다는 말이다!

덕분에 나는 의기양양하고 힘찬 목소리로 말할 수 있었다.

"그러니까 다른 방식으로 영성의 본질인가 뭔가를 통해 내가 염라대왕에게 해가 없는 인간인지 확인해 보라고."

"으음~ 조금 곤란하네요."

살짝 인상을 찌푸리는 우마를 보자 안도의 한숨이 나왔다.

이런 방식으로 시험을 받고, 영성의 본질을 드러내는 건 싫다.

아, 나도 영성의 본질이라는 게 뭔지는 모른다. 아사달이 내게 보여 줬던 영성과 **비슷하지만 다른 거**라고 짐작하고 있을 뿐.

왜냐고?

기린의 말에 따르면, 영성을 다루는 요술은 하늘이 금지한 술법이고 그를 어기는 자는 하늘의 명에 따라 염라대왕의 심판을 받게 된다 했으니까.

그러니 내 영성을 직접 가슴팍에서 꺼내는 것과는 다르겠지.

내가 잠시나마 이런 생각을 할 수 있을 정도로 고민에 빠진 우마가, 낮은 한숨을 내쉬고 입을 열었다.

"그러면 어쩔 수 없죠."

호오? 이거, 의외로 일이 잘 풀리려는가 보네?

그럼 첫 번째 관문은 통과한 건가?

"마두마면, 이쪽 일을 도와줘요."

"알았어."

……세상에 내 뜻대로 편하게 돌아가는 일이 없다는 사실은 알고 있었습니다.

나는 고개를 들어 성문 위쪽을 올려다보았다.

그곳에는 랑이 또래의 어린애가 성벽을 짚고서 이쪽을 내려다보고 있었다.

얼핏 보기에 검게 보이는 짙은 갈색의 긴 머리카락을 묶고, 우마와 같지만 튼튼해 보이는 두 다리를 고스란히 드러내는 옷을 입고 있는 건강해 보이는 여자아이였다.

인상도 어딘가 활발하고 기운차 보이는 게, 우리 집 아이들과 친하게 지낼 수 있을 것 같은 인상이란 말이지.

그리고 그 여자애는 성벽을 한 손으로 짚고, 마치 낮은 담장을 넘듯이 몸을 날렸다.

아파트 5층 높이는 되어 보이는 성문 위에서 말이야.

"어?"

저승에 있는 이상 평범한 사람이 아닐 거라는 건 알고 있지만, 나는 무의식적으로 떨어지는 여자애 쪽으로 두 팔을 벌렸다.

하지만 그런 내 행동을 무시하듯, 여자애는 공중에서 화려하게 몇 바퀴를 돌더니, 짜잔! 마치 영화에 나오는 슈퍼히어로 같은 자세로 멋지게 착지했다.

그리고 갈 곳 잃은 팔을 어색하게 들고 있는 나를 바라보며 말했다.

"그 팔은 뭐야?"

……민망하군.

"보면 모르겠느냐? 마음씨 착한 성훈이가 너를 걱정해서 두 팔로 받아 주려고 한 것 아니느냐?!"

마음씨 착한 랑이가 나를 더욱 민망하게 만들었다.

랑이는 괜찮아, 랑이는.

하지만 보통 이럴 경우에는 쓸데없는 걱정을 한다거나, 네 주제를 알라는 둥 가시 돋은 말을 듣게 돼서 그렇지.

마음의 준비를 해 두자.

"어, 그런 거였어?"

하지만 여자애는 순한 눈망울로 나를 올려다보며 머리를 긁적이더니 왠지 모르게 부끄러워하며 말했다.

"미안, 그런 줄 몰랐어. 걱정해 줘서 고마워. 그래도 몸 하나만은 튼튼하니까 괜찮아."

……넌 착한 아이구나?

"그런데 우두마면. 나는 어떻게 도와주면 돼?"

"그게 말이죠, 마두마면. 잠깐 귀를 빌려 주실래요?"

그래서 깜빡하고 말았다.

이 여자애, 마두마면. 귀찮으니 마마라고 하자. 마마가 우마의 요청으로 이곳에 내려왔다는 사실을.

으음, 어쩌지.

이건 다른 의미로 마음에 걸리는데.

우마가 했던 걸 마마가 한다고 해서, 내가 '우헤헤헷! 어린 여자애의 납작한 가슴 정말 좋아!' 같은 반응을 보일 일은 없다.

내가 지금 걱정하고 있는 건, 저렇게 착한 아이에게 그런 이상한 일을 시킬지도 모른다는 사실이다.

내가 한 말 때문에 말이지.

어떻게 해야 마마에게 안 좋은 경험을 시키지 않을 수 있을까 생각하고 있자니.

"성훈아, 성훈아."

랑이가 옷자락을 잡아당겼다.

"응?"

고개를 숙이니 랑이가 어딘가 불안해 보이는 표정으로 나를 올려다보고 있었다.

"왜 그래?"

"……괜찮겠느냐?"

랑이가 무슨 뜻으로 그런 말을 했는지 이해하는 데는 조금 시간이 걸렸다.

"야, 인마."

나는 랑이의 머리를 헝클어뜨리며 말했다.

"네 지아비가 될 나를 좀 믿어라."

랑이가 두 팔을 높이 들며 항의했다.

"믿고 있느니라! 당연히 믿고 있느니라!"

하지만 그것도 잠시.

이내 손가락을 입에 물고 여전히 불안한 눈동자로 나를 올려다보며 말했다.

"……그래서 걱정이 되는 것이니라."

……내가 잘못 생각했나?

"뭐가 걱정되는데?"

"너무 동생이 많아지면 큰일이지 않느냐."

"응?"

"세희가 말했느니라. 성훈이의 기운은 정해져 있고, 동생들이 너무 많이 늘어나면 결국 성훈이의 몸이 축날 수도 있다고 말이니라."

그 녀석은 도대체 랑이한테 무슨 말을 한 거야.

그리고 넌 왜 당연하다는 듯이 저 애가 **다른 의미**로 네 동생이 될 거라고 생각하는 거냐고.

그 이유는 알고 있습니다만, 말하지 않겠습니다.

입에 담는 순간 내가 부끄러워지니까.

어쨌든.

나는 어떻게 해야 랑이의 오해를 풀어 줄 수 있을까 생각하느라 정신이 팔려 있었다. 그러다 보니 마마가 내 등 뒤에 다가온 것을 눈치챈 건.

"잠깐 실례할게."

마마가 내 등을 박차고 날렵하게 올라와서 내 위로 목말을 탄 후였다.

등에서는 마치 나비가 잠깐 앉았다 날아간 듯한 느낌밖에 들지 않았지만, 문제는 어깨다.

어깨 위로 엉덩이의 따듯하고 말랑한 감촉과 기분 좋은 중량감이 느껴졌으니까.

"잠깐, 너…… 윽?!"

내가 내려오라고 말하려는 순간.

어린아이답지 않은 탄력 있고 탄탄한 허벅지가 내 목을 조여 왔다.

"쿠엑?!"

"성훈아?!"

내 비명에 깜짝 놀란 랑이가 두 손을 호랑이의 앞발로 변화시켰다.

하지만 그 앞을 우마가 가로막았다.

"걱정하실 것 없어요, 호랑이님. 이건 제가 했던 것과 같은 단순한 시험이니까요. 요괴의 왕께서 다치실 일은 없답니다."

"지, 진짜이느냐?"

그 대답은 내 머리 위쪽에서 들려왔다.

"응. 힘 조절은 하고 있으니까 걱정할 거 없어."

아니! 야! 이게 어딜 봐서 힘 조절을 하고 있는 거야?! 지금 숨 막혀 죽겠는데! 이러다가 저승 가게 생겼다고!

이미 저승이지만!

"하지만 성훈이가 괴로워하고 있지 않느냐!"

그래! 잘한다, 랑이야!

"호랑이님께선 잘 모르시겠지만, 세상에는 이런 말이 있어요."

우마가 말했다.

"이쪽 바닥에서는 포상입니다."

저승에도 제정신이 박힌 놈들이 없구만!

"으음…… 그러고 보니 세희도 그런 이야기를 했던 것 같으니라. 성훈이는 고통받는 걸 좋아한다고……."

그 망할 자식의 업보는 도대체 얼마나 깊은 거야?!

하지만.

정말로 인정하고 싶지 않지만.

나는 왜 지금 랑이가 호랑이 손으로 볼을 긁적이며 고민하고 있는지 알 것 같았다.

랑이는 내가 정말로 목숨이 위험하다거나, 진심으로 도움을 바랐다면 누가 뭐라 해도 나를 구해 줬을 거다.

하지만 그렇지 않다는 것은…….

내가 뇌에 산소가 부족해서 맛이 가고 있다는 거지!

이러다가는 눈동자가 위를 향한 채 혀를 내밀고 기절해 버릴지도 몰라!

나는 마마의 조이기를 풀기 위해 있는 힘껏 두 손에 힘을…… 줄 수 없었다.

손을 들어 올리는 것만으로도 한계였으니까.

그렇다면 마지막 방법밖에 없다!

탁! 탁! 탁! 탁!

나는 남아 있는 모든 힘을 다해 마마의 허벅지를 두드렸다.
유술이나 레슬링에서 흔히 쓰이는 항복의 표시.
하지만 내 목을 꽉 조인 마마의 허벅지는 조금도 느슨해질 생각을 하지 않는다.
위험해.
그렇게 내가 정신을 잃…… 으려는 순간.
내 가슴 안쪽에서 은은한 빛이 새어 나왔다.
"앗. 나왔다."
그와 동시에 목에서 느껴지는 해방감과 함께 신선한 공기가 내 폐를 가득 채운다.
"쿨럭, 쿨럭!!"
그 대가로 앞으로 엎드려서 격한 기침을 토해 내야 했지만, 그래도 숨을 쉴 수 있다는 게 어디야.
진짜 죽는 줄 알았어. 빛의 저편으로 가 버릴 뻔했다고.
실제로는 목을 졸린 지 얼마 안 된 것 같지만, 당황해서 그런가? 체감상으로는 몇 분이나 숨을 못 쉰 느낌이었다.
살 만해지니까 갑자기 울컥하네.
마마에게 뭐라고 한마디 하지 않으면 이 기분이 풀리지 않을 것 같다.

그런데 말이다.

지금 불만을 터트릴 상황이 아닌 것 같다.

"정말 아름답네요."

"응. 이렇게 예쁜 사람 오랜만에 봤어."

나를 보는 우마와 마마의 시선이 이상하니까.

왜 이 녀석들은 예술 작품이라도 감상하듯이 남의 가슴팍을 보고 있어?

정확히 말하면 내 가슴에서 새어 나오고 있는 은은한 빛을 보고 있는 거지만.

물론, 나도 다른 세계에 간 적이 없거나 **기린과의 일이 없었다면** 다른 이유로 얼이 빠져서 내 가슴팍을 내려다보고 있었을 거다.

'언제 내 몸에 원자로를 집어넣은 거냐, 강세희!' 같은 헛소리를 하면서.

하지만 나는 내 몸에서 새어 나오는 빛과 비슷한 것을 두 번이나 본 적이 있다.

영성 말이다.

……아사달의 영성과 비교하자면 조금 탁한 기가 감돌고 있습니다만, 그건 어쩔 수 없는 일이라 생각합니다.

내가 지금까지 살아온 인생을 되돌아보면 이런 예쁜 빛이 나오고 있다는 것 자체가 기적에 가까우니까.

어쨌든, 우마가 영성의 본질을 확인해 봐야 한다고 한 말도 있기에 나는 그다지 당황하지 않을 수 있었다.

잠시 생각을 정리하고 있는 동안에도 여전히 내게서 시선을 못 떼고 있는 우마와 마마와는 다르게.

"우와아아…… 성훈이가 빛나고 있느니라."

랑이는 그저 신기한 듯 은은히 빛나는 내 몸을 바라보았다.

그래, 신기하겠지. 내가 갑자기 반딧불 꼴이 되어 버렸으니까.

하지만 그것도 잠시.

"응?"

이내 손가락을 입에 물더니.

"으냐아아아앗?!"

꼬리를 부풀릴 대로 부풀리고서는 외쳤다.

"안 되느니라, 성훈아!! 아직 안 되느니라!"

얼마나 큰 목소리인지 얼이 빠져 있던 우마와 마마조차 화들짝 놀라서 바라볼 정도였다.

나야 이미 랑이에게서 눈을 떼지 못하고 있고.

랑이가 나와 우마와 마마의 시선을 한 몸에 받으며 심각하고 절박한 목소리로 외쳤다.

"벌써 우화등선하면 안 되느니라아아아아!!"

……야.

넌 내가 여자아이의 허벅지에 목이 졸린 걸 계기로 신선이 될 사람처럼 보이냐? 그럴 거였으면 예전에 신선이 됐겠지.

네가 하루가 멀다 하고 나한테 달라붙으니까.

거참, 하도 어이가 없어서 웃음밖에 안 나오네.
"푸훗."
"하하핫."
그리고 그런 사람은 나뿐만이 아니었다.
우마와 마마가 누가 먼저라고 할 것 없이 웃음을 터트렸으니까.
정작 랑이는 날이 선 고양이처럼 외쳤지만.
"뭐, 뭐가 웃기느냐?! 나한테는 진짜진짜 심각한 일이니라!"
오해를 풀어 주자.
랑이를 살짝 놀리고 싶은 마음도 있지만, 잘 모르는 녀석들 앞이니까 말이야.
나는 혼자 심각한 랑이에게 다가가 영차, 두 손으로 안아들었다.
랑이는 내가 승천이라도 하면 무슨 일이 있어도 떨어지지 않겠다는 듯, 두 팔과 두 다리로 있는 힘껏 나를 껴안으며 말했다.
"벌써 신선이 되면 안 되느니라! 신선이 되면 처음에는 배울 것이 많아서 제대로 놀지 못한다고 들었느니라!"
랑이의 말에 나는 한 가지 확신이 들었다.
이 녀석. 우화등선이라는 어려운 단어나 신선이 되면 어떻게 되는 지 아는 걸 보니, 나 몰래 신선에 대해 공부했구나.
기특한 녀석.
나는 내 마음을 가득 담아서 랑이를 꼬옥 끌어안으며 말했다.

"그런 거 아니야."

애초에 신선이 되고 싶어도 될 수가 없고 말이지.

"그러면 지금 이건 무엇이느냐?"

랑이의 질문에 대답해 준 것은 우마였다.

"그건 요괴의 왕님의 영성이 내고 있는 빛이에요, 호랑이님."

여전히 찰떡같이 달라붙어 있는 랑이가 머리카락으로 물음표를 만들고서는 고개만 돌려 말했다.

"응? 이게 영성이 내는 빛이란 말이느냐?"

우마는 고개를 숙였고, 랑이는 고개를 가로저었다.

"그럴 리가 없느니라. 예에에엣~날에 세희의 영성을 본 적이 있었는데, 이렇게 예쁜 색이 아니라 검둥이처럼 까만색이었단 말이니라."

우마가 랑이의 시선을 피하며 말했다.

"……영성이라는 건 살아온 발자취에 따라 그 색과 향이 달라지는 거니까요."

덕분에 나도 입맛이 씁쓸해졌다.

랑이가 본 세희의 영성의 색이 검은색이었다면, 그건 아사달과 얽힌 참극 때문일 테니까.

마마가 우마의 말을 이었다.

"하지만 다른 사람에게 해를 끼치지 않고 살기만 해도 저렇게 예쁜 빛을 내게 돼."

"그렇게 사는 건 정말 힘든 일이지만요. 이번이 몇 백 년 만이었나요, 마두마면?"

"5백 년은 된 것 같아, 우두마면."

"그때는 상당히 강인하고 위엄 넘치시는 장군이시어서 말도 못 꺼냈지만……."

"응. 이번에는……."

응?

우마와 마마가 서로를 마주보고는 고개를 끄덕였다.

내가 불길함을 느끼는 것과 동시에 랑이의 꼬리가 부풀어 올랐다.

그리고 나는 랑이가 가지고 있는 야성의 감이 죽지 않았다는 것을 깨달을 수 있었다.

"한 번만 맛을 봐도 될까요?"

"한 번만 냄새를 맡아 봐도 될까?"

이 녀석들 눈이 위험해.

무서워.

뭔가에 홀린 것 같다고.

그나마 다행인 건 랑이가 나와 저 둘 사이에 있다는 거다.

랑이는 내게 매달린 채로는 만약의 사태에 대응하기 힘들다고 생각했는지, 폴짝 뛰어내려서는 두 팔을 펼치며 말했다.

"으냐아앗! 그런 건 내가 허락하지 못하느니라!"

개미핥기의 위협 자세가 연상되는 랑이의 제재에도 우마와 마마는 이쪽으로 향하는 걸음을 멈추지 않았다.

"괜찮아요, 호랑이님. 핥는다고 닳는 게 아니니까요."

"닳느니라! 성훈이의 맛이 연해지니까!"

"응. 냄새가 사라지는 것도 아니야."

"사라지니라! 성훈이의 냄새가 약해진단 말이니라!"

더 이상 다가오면 말로 안 끝난다는 듯, 랑이가 다시금 두 손을 호랑이의 앞발로 변화시켰다.

그제야 우마와 마마는 아쉬워하는 기색으로 걸음을 멈췄다.

휴우…….

저승에 와서 이상한 꼴을 당할 뻔했네.

아무리 내가 랑이하고 만난 뒤 스킨십에 익숙해졌다 한들, 그건 어디까지나 우리 집 아이들 한정이다.

생전 처음 보는 여자애들한테 그런 이상한 일을 겪을 생각은 없어.

하지만.

"……어떻게 안 되나요, 호랑이님? 이번 기회를 놓치면 저희는 또 몇 백 년을 기다려야 할 지 몰라요."

"……부탁해, 호랑아. 만날 썩은 내 나는 망자들의 냄새만 맡아 왔단 말이야."

거짓이라고는 조금도 보이지 않는 간절하고 애달픈 부탁에 랑이의 꼬리가 살짝 내려갔다.

……그런데 너희들은 왜 랑이한테 허락을 구하냐? 당사자인 나한테 말해야 하는 거 아니야?

하지만 어떻게 보면 올바른 판단이라 할 수 있겠네.

"으……."

랑이는 마음씨가 착하니까.

이러다가는 내 의지와는 상관없이 랑이가 둘의 부탁을 받아들일 것 같다.

말리자.

"잠깐만."

그렇게 운을 떼었을 때.

""……아.""

우마와 마마가 안타까움을 가득 담은 시선과 함께 한탄을 내뱉었다.

"응?"

랑이도 둘의 반응이 이상했는지 뒤를 돌아보고서는, 눈을 동그랗게 떴다.

"으냐앗?"

왜 그러지? 무슨 일이라도 생겼나?

나는 내 몸을 살펴보고 나서야, 이 녀석들의 반응을 이해할 수 있었다.

조금 전까지만 해도 내 몸에서 새어 나오던 빛이 사라졌거든.

아, 이거 시간제였구나.

하긴. 이 빛을 나오게 한 것 자체가 내가 위험한 사람인지 알아보기 위한 거였으니까, 오래 지속될 이유는 없지.

"5백 년만의 기회가 이렇게……."

"또 얼마나 감내해야 하는 거죠……."

정작 그 시험을 담당한 우마와 마마는 이미 절망에 구렁텅이에 빠져서 신경 안 쓰는 눈치지만.

하지만 내게 찾아온 문제는 따로 있었다.

"으, 으냐아아…… 미, 미안하느니라. 그게, 그런 게 아니라…… 성훈이가 싫어 할 것 같아서, 그래서……."

우마와 마마가 풀이 죽은 게 자기 잘못이라고 생각한 랑이가 허둥대기 시작했거든.

랑이가 잘못한 건 하나도 없는데 말이야.

오히려 난 랑이가 잘했다고 생각한다. 내 마음을 제대로 읽고 나를 지켜 준 거니까.

그렇게 생각하고 있을 때.

"그, 그러면 다시 한 번 하면 되는 거 아니느냐?"

랑이가 손바닥을 뒤집었다!

"정말이죠, 호랑이님?"

"정말이야, 호랑아?"

"그렇느니라! 이번만은 내가 특별히 허락하겠느니라!"

랑이가 허락이라는 말을 입에 담는 순간.

"야, 누구 마음대로 허락을 해?!"

나도 재빠르게 반론을 펼쳤지만, 너무 늦어 버렸다!

우마와 마마가 누가 먼저라고 할 것 없이 달려들었으니까!

내게 달려드는 우마와 마마의 모습은 나를 침대에 엎어뜨리려고 하는 나래와 다를 게 없어 보인다.

위, 위험해!

두 번 다시 목을 졸리는 건 사양이다!

가슴에 얼굴을 비비는 건 괜찮냐고 묻지 말아 줘!

대답하기 곤란하니까!

어쨌든 나는 두 번 다시 그런 끔찍한 경험을 겪지 않기 위해 잽싸게 두 손으로 목을 감싸고 몸을 움츠리려 했다.

그보다 앞서 우마가 내 손을 잡아 아래로 내려 자신의 겨드랑이 사이에 끼고, 마마가 내 목에 올라탔지만!

가히 신기에 가까운 협공이었다.

하지만 그때.

—끼이이이익.

등 뒤에서 성문이 열리는 소리가 들려왔다.

가장 먼저 보인 것은 흥분으로 붉게 달아오른 우마의 안색이 새하얗게 질린 것이었다.

가장 먼저 느낀 것은 내 목을 조이려던 마마의 허벅지가 경련을 일으키듯 움찔 떨린 것이었다.

둘에게서 가장 먼저 느껴진 것은 원초적인 공포였다.

우마와 마마는 누가 먼저라고 할 것 없이 내게 떨어지더니 흙바닥에 무릎을 꿇고 고개를 숙였다.

……뭐지?

나는 호기심에 뒤를 돌아보았다.

"흐아아아암……."

어딘가 느긋하게 보이는 여자아이가 늘어지게 하품을 하며 살짝 열린 성문 사이로 나오고 있었다.

입고 있는 옷은 붉은색 바탕에 흰색으로 불꽃을 수놓은…… 한복? 한복하고는 조금 다른데? 옛날 중국의 전통 복장하고 닮은 것 같은데.

어쨌든 잘 갖춰 입으면 위엄 있을 법한 옷이었다.

……옷이 여자애에 비해 너무 길어서 밑이 질질 끌리고 있어서 문제지.

허리춤에는 불꽃 모양으로 가장자리를 장식한 작은 거울을 달고 있는데, 저 무게 때문에 옷이 아래로 내려가지 않을까 걱정이 될 정도다.

머리에는 목이 안 아픈가 걱정이 될 정도로 커다란 검은색 관을 쓰고 있었는데, 그 위에는 검은색 책이 거꾸로 엎어져 있다.

추욱 어깨를 늘어뜨린 채 이쪽으로 한 걸음, 한 걸음 걸을 때마다 책도 좌우로 흔들리는 게 떨어지는 건 아닐까 불안할 정도다.

책을 올려놓은 관 아래로는 기나긴 회색 눈썹과 흐리멍덩한 하얀색 눈동자가 보이는데, 아까 하품을 했기 때문인지 살짝 눈물이 맺혀 있다.

슥슥, 하고 옷소매로 닦았지만.

그 작은 행동에 권태로움과 무기력함이 녹아 있어서 어린아이보다는 애늙은이 같은 느낌이 든다.

……그런데, 넌 누구냐?

입고 있는 옷이라든가, 우마와 마마의 반응을 보니까 좀 높으신 분 같은데?

그런 내 의문에 답해 주겠다는 듯이, 우마와 마마가 한 목소리가 되어 외치듯 말했다.

""염라대왕님을 뵙습니다!""

높으신 분 맞네요!

그보다 저 여자애가 염라대왕이야? 전설 속의 신수인 기린도 꼬마였으니까 염라대왕이 여자애라고 해서 놀랄 일은 없지만…….

"으아아아아…… 머리 아파아. 머리 아프니까아 그렇게 큰 목소리로 말하지 말라고오."

염라대왕의 늘어진 목소리에서는 조금의 위엄도 찾아볼 수가 없었다.

내 상상 속의 염라대왕은 뭔가 지옥의 대장 같은 느낌으로 권위 있고 무서운 느낌이었으니까.

하지만 내 앞에 있는 염라대왕…… 대왕 같지는 않으니, 염라로 하자.

염라는 머리가 아프다는 말이 농담이 아니라는 듯, 얼굴을 찌푸리고 관자놀이를 한 손으로 꾸욱 누르고 있다.

야밤에 혼자 소주 세 병을 비운 뒤, 오후에서야 시체처럼 기어 나와 숙취에 시달리며 꿀물을 찾던 아버지처럼 말이야.

"으…… 어제 너무 마셨어어……."

……진짜냐.

진짜 술 때문에 그런 거였냐.

지금껏 별의 별 일을 다 겪긴 했지만, 이런 경우는 처음이라 조금 당황하고 말았다.

그러는 사이에 염라는 힘을 쭉 뺀 채 살아 있는 시체처럼 몸을 질질 끌고는 내 앞에 섰다.

"네가 요괴의 와앙이야아?"

하지만 늘어지는 목소리를 듣고 대답하기 위해 염라와 눈을 마주친 순간.

나는 마음을 다잡았다.

조금 전까지만 해도 흐려져 있던 회색 눈동자에 그 깊이를 알 수 없을 정도의 현기가 감돌고 있었으니까.

잊지 말자.

인간 외의 존재를 겉모습만으로 판단하는 건 바보 같은 짓이다. 어린아이의 모습이라 해도 긴장을 풀어선 안 된다.

무엇보다, 내가 저승에 온 목적을 잊지 말자.

"그래."

"으음……."

염라가 고개를 갸우뚱거리자 관이 스르륵 아래로 흘러내렸다. 염라는 한 손으로 관을 제자리로 돌려놓으며 말했다.

"이상하네에."

"뭐가?"

"요괴의 와앙의 이름이 명부에 적혀 있었나아?"

이번에는 다른 쪽으로 관이 흘러내렸고 덩달아 위에 있는 책도 아래로 흘러내렸다. 염라가 책을 잡기 위해 손을 들었지만.

툭.

……책은 그렇게 땅에 떨어지고 말았습니다.

잠시 적막이 흐른 후.

"아아~ 떨어져 버렸네에?"

염라는 쭈그려 앉아 책을 집고는 흙을 탁탁 털어 낸 뒤 펼쳐 보았다.

"요괴의 와앙…… 의 이름으은 명부에 안 적혀 있는데에?"

명부냐!

지금 네가 떨어뜨린 게 저승의 명부냐?!

죽은 사람들의 이름이 적혀 있는 명부 같은 걸 그렇게 막 다뤄도 되는 거야?!

나는 그렇게 딴죽 걸고 싶은 마음을 가득 담아서 염라에게 말했다.

"아직 안 죽었다."

염라가 명부를 마치 길가에 굴러다니는 돌멩이처럼 아무렇지 않게 머리 위로 던졌다. 그런데도 착, 하고 관 위에 올려진 걸 보니 한두 번 해 본 게 아닌 것 같군.

"안 죽었는데 저승에 온 거야아?"

"그래."

염라가 턱을 괴고 눈을 감았다.

뭔가 생각할 게 있나?

그렇게 시간이 흐르고.

염라는 그 자세 그대로 아무 말도 하지 않았다.

……이 녀석은 갑자기 왜 그래?

여기서는 어떻게, 왜 저승에 왔냐고 물어봐야 하는 거 아니야? 그래야 나도 본론에 들어갈 수 있고.

하지만 염라는 아무런 반응이 없었다.

마음 같아서는 내 쪽에서 대화를 이어 가고 싶지만, 생각에 잠겨 있는데 방해하면 나한테 좋을 게 없을 것 같단 말이지.

어쨌든 나는 이곳에 부탁을 하러 온 입장이니까.

지금은 조금만 더 기다려 보자.

조금만 더…….

그렇게 생각하고 있을 때.

"어?"

염라가 갑자기 뒤로 넘어졌다.

나는 반사적으로 손을 뻗었지만 잡지 못했다.

애초에 별 의미 없는 짓이었지만.

염라는 공기로 만든 소파에 앉은 것처럼 허공에 둥둥 떴으니까.

뭐야, 깜짝 놀랐네.

그렇게 생각했을 때.

"쿠우울……."

내 귀를 의심하고 싶은 소리가 염라에게서 들렸다.

지금 쿠우울, 이라는 소리가 들린 거 맞지? 내가 잘못 들은 거 아니지?

나는 확인 차 염라에게 말을 걸었다.

"아, 저기? 염라대왕?"

대답이 없다.

"으으으……."

그저 살짝 괴로워하는 숨소리만이 들릴 뿐이다.

설마, 진짜로 잠든 거야?

……음. 우리 집 아이들도 잠깐 한 눈을 팔면 잠드는 경우는 많이 있다. 특히 랑이가 말이지.

하지만 대화하다가 자연스럽게 잠드는 경우는 밤에 잠잘 때밖에 없다고.

나는 하도 어이가 없어서 뒤를 돌아보았다. 우마와 마마라면 이 상황을 설명해 줄 거라 생각했으니까.

하지만 그 둘은 지금도 무릎을 꿇고 고개를 숙인 채 꼼짝도 하지 않고 있다.

……기분 탓인지, 둘 다 식은땀을 흘리는 것 같이 보이지만.

그래서 나는 랑이를 향해 시선을 돌렸다.

부부는 일심동체라고, 나처럼 당황한 랑이가 살짝 힘 빠진 목소리로 말했다.

"……내가 보기에도 염라가 잠든 것 같이 보이니라."

랑이도 염라대왕을 염라라고 부르기로 했다는 건 일단 넘어가고.

"……그렇지? 내가 잘못 본 거 아니지?"

"응."

나는 다시 몸을 돌려, 이제는 의복 위로 배를 긁적이며 꿀잠을 자고 있는 염라에게 말했다.

"저기, 잠은 좀 이따 자고 내가 왜 왔는지에 대해서 들을 생각은 없냐?"

염라는 인상을 찌푸린 채 허공에서 몸을 뒤척이는 것으로 대답을 대신했다.

깨울까? 깨워 버릴까?

마침 공중에 붕 떠 있으니까 두 다리를 잡고 720도 정도 회전시켜 주면 알아서 깰 것 같은데?

그렇게 잠시 고민을 하고 있자니.

"여, 염라대왕님께서 업무에 지쳐 많이 피곤하셨던 것 같으니 깨우시는 건 좋지 않을 것 같지 않을까 생각하는 느낌이 드는데요……."

애매모호하게 말을 길게 끈 우마의 힘없는 목소리가 뒤에서 들려왔다.

뒤를 돌아보니 어느새 일어나서는 민망함을 숨기느라 뿔 밑을 긁적이는 우마와, 한쪽 발로 땅을 비비고 있는 마마의 모습이 보였다.

둘의 공통점이라면 이쪽을 제대로 보지 못하고 진땀을 흘리고 있다는 거지.

내가 잘못 본 게 아니었구나.

나는 일부러 머리를 긁적이며 우마에게 말했다.

"숙취라는 말을 들은 것 같은데."

"그, 그게 염라대왕님은 일이 끝난 다음에 약주를 드시는 게 일과 중 하나라서 그래."

마마가 있는 힘껏 염라를 옹호했지만, 설득력이 없어 보입니다.

그래도 우마와 마마에게 따지고 들 생각은 없다.

표정만 봐도 알 것 같거든.

지금 이 두 녀석이 얼마나 나한테 미안해하고 있는지.

그리고 평소에 얼마나 염라의 밑에서 고생을 하고 있는지.

"하아……."

결국 나는 있는 힘껏 한숨을 쉬고, 내 눈치를 살피고 있는 우마와 마마에게 말했다.

"그래서 이제 어떻게 할 거야?"

저승의 첫 번째 이야기

우마와 마마의 안내를 받고 들어온 성문 안에는 전통 가옥들 사이로 큰 길이 나 있고, 그 끝에는 붉은색 지붕이 인상적인 큰 성이 있었다.

하지만 그런 것이 눈에 들어오지 않을 정도로 나는 성안의 풍경에 깜짝 놀랐다.

길가에 있는 건물들은 외관은 전통 가옥이지만, 내부는 현대식이었거든.

거기다 저거, 아무리 봐도 카페지? 안에서 커피나 차를 마시면서 허니브레드를 먹고 있는 모습이 보인다고.

그뿐만이 아니다. 거리에 편의점도 있고 음식점도 있는 데다가 옷 가게에 신발 가게 같은 곳도 있다.

"발설지옥에서만 살 수 있는 튼튼한 신발이 단 돈 3만 원! 앞으로 이런 기회 없습니다!"

……호객 행위까지 하는데?

"발설지옥까지 무사히 오셨다 해도, 앞으로도 무사히 갈 수 있을지 모른다는 것이 인생! 지금이 아니면 두 번 다시는 향긋한 커피를 드실 수 없으실 겁니다!"

여기 저승 맞지?

사람과 요괴들 사이로 간간히 보이는 저승사자로 보이는 검은색 옷에 피부가 창백한 이들이나, 조선 시대를 연상시키는 갑옷을 입은 병사들이 아니었다면 내가 저승이 아닌 이승에 있는 건 아닐까 착각할 정도였다.

그보다, 사람 많아.

앞서서 걷고 있는 우마를 보고 사람들이 알아서 길을 터 줘서 다행이지, 아니었다면 랑이를 목말 태우고 가야 할 정도다.

크리스마스의 번화가가 생각날 정도라고.

이 많은 사람들은 도대체 어디서 나온 거지?

성문 바깥에는 한 명도 없었는데 말이야.

물어보자.

"여긴 왜 이렇게 사람이 많아? 우리가 들어온 성문 쪽에는 오가는 사람이 한 명도 없었는데."

우마가 살짝 몸을 틀어 이쪽을 바라보며 말했다.

"요괴의 왕님께서 들어오신 문은 존귀하신 분들을 위한 성문이에요."

우마가 미안한 기색으로 이야기를 이어갔다.

"원래 이쪽 길 역시 요괴의 왕님과 같은 귀인 분들을 위해 망자들의 출입을 통제하는 것이 관례입니다만……."

"요즘 이승에 사람들이 너무 많은 데다가, 죽는 사람도 많아서 이렇게 됐어. 미안해."

뒤에서 들려온 마마의 말에 나는 고개를 저었다.

"아니, 괜찮아. 신경 쓸 것 없어."

내가 이곳에 온 이유를 생각하면, 성문 밖에서 쫓겨나지 않은 것만 해도 다행이니까.

"응! 괜찮으니라! 오히려 이렇게 시끌벅적한 게 나는 좋으니라!"

랑이는 그런 이유와 상관없이 거리를 구경하는 게 즐거운 것 같지만.

사실, 나도 이런 상황만 아니라면 저승 구경을 좀 하고 싶을 정도다. 지금이 아니면 죽은 뒤에야 할 수 있을 거 아니야?

하지만 지금은 랑이의 손을 잡고 우마를 따라가는 데 집중하자.

염라를 다시 만나는 것이 급선무니까.

……아, 염라는 어떻게 됐냐고?

허공에서 잠든 채로 부우웅~ 하고, 자기 멋대로 저기 보이는 성안의 작은 성문 쪽으로 날아갔다.

저 성문 안쪽이 염라가 살고 있는 곳이 아닐까.

그 생각은 틀리지 않은 것 같다.

작은 성문 앞쪽에는 두 명의 갑옷을 입은 병사가 인파를 통제하고 있었으니까.

"도대체 제 차례는 언제쯤 오는 겁니까?"

"여기서 기다린 지 벌써 50년은 지난 것 같아요!"

"50년? 나는 100년 동안 기다린 것 같다고!"
"왜 오늘은 시작도 안 하는데?!"
"이게 요즘 들어 도대체 몇 번째입니까?!"
"기다릴 수는 있는데! 이유라도 좀 알자!"
그런데 어째 분위기가 좋지 않다?
사람들은 지금이라도 폭도로 변할 준비가 끝났다는 듯이 언성을 높이고 있다.
……그런 것치고는 병사들 앞에 있는 안전 통제선을 잘 지키고 있지만. 어쩌다 뒤의 사람들에게 밀려서 앞으로 나가면 빛의 속도로 인파 속으로 돌아가기도 하고.
아무래도 걱정할 일은 일어나지 않을 것 같기에, 나는 우리의 뒤쪽을 호위하고 있는 마마를 보았다.
이게 무슨 소란인지 묻는 내 시선에, 마마가 땅을 발끝으로 비비며 말했다.
"……사람이 많아져서 그래."
마마의 말을 기다렸다는 듯이, 우마가 이쪽을 향해 빙 돌아서 두 손바닥을 마주 대며 말했다.
"그, 그래요. 정말, 염라대왕님께서는 업무에 너무나 열심이셔서 걱정될 정도라는 생각이 들고 있는 느낌이랍니다."
내 입장이 입장이라도 할 말은 해야겠다.
성문에서 둘 때문에 머나먼 저편으로 가 버릴 뻔했던 일을 잊기 위해서라도.
나는 빨리 재판을 시작하라고 소리를 지르는 인파를 가리키며 말했다.

"업무에 열심? 들어보니까 오늘은 숙취 때문에 재판도 시작 안 한 것 같은 눈친데?"

"히, 힘든 일이니까!"

마마가 얼마나 열심히 발을 비볐는지 땅에는 구멍이 파져 있었다.

"세 치 혀로 저지르는 죄목이 날이 가면 갈수록 흉악해져 가고 있다는 통계도 저, 저는 잘 모르지만 아마도 어딘가에 있을 지도 모르는 기분이에요!"

아하, 이 두 녀석이 무슨 말을 하고 싶은지 알겠다.

"그래서 과음을 할 수밖에 없었다?"

"응!"

"그래요!"

우마와 마마는 동시에 고개를 끄덕였다.

나는 취하지 않으면 이 꿈도 희망도 미래도 없는 출판 시장에서 살아갈 자신이 없다는 말과 함께 주구장창 술만 마시다가 간질환으로 병원에 실려 갔다가 퇴원한 다음날 바로 술을 마신 뒤 다시 병원에 실려 갔을 때의 아버지를 보던 것과 같은 시선으로 둘을 바라보며 말했다.

"진짜 그렇게 생각하냐?"

우마와 마마의 시선이 하늘과 땅으로 향했다.

"성훈아, 성훈아."

랑이가 손을 잡아당겨서 그만뒀지만.

"그, 그럼 전 잠시."

우마가 때는 이때다 하고 도망치듯 문을 지키는 병사에게 다가갔다. 뭔가 병사와 할 이야기가 있는가 보다.

나는 그사이에 고개를 돌려 랑이를 바라보았다.

"왜 그래?"

"이렇게, 이렇게 하거라."

랑이가 내게 몸을 숙여 달라고 손짓을 했다. 살짝 몸을 숙이니, 랑이가 내 귀에 속삭여 왔다.

"염라대왕을 생각하는 둘의 마음이 기특하지 않느냐? 이럴 때는 모르는 척하고 넘어가 주는 게 좋을 것 같으니라."

순수하고 착한 랑이와 달리 나는 살짝 삐뚤어진 성격으로 자란 청소년이다. 그렇기에 난 언제나 마음속 한구석에서 기회를 엿보고 있는 장난기에게 손을 내밀었다.

"남 일 같지 않아서 그래?"

세희와 냥이에게 모든 일을 맡기고 5천 년 동안 잠들어 있던 전 요괴의 왕님이 고개를 갸웃거리며 말했다.

"응? 그게 무슨 뜻이냐? 나는 술 같은 건 안 마시느니라."

나는 물음표가 된 머리카락을 손으로 정돈시켜 주었다.

"농담이야."

랑이의 볼이 도토리를 볼 주머니에 담은 다람쥐처럼 부풀어 올랐다.

"우우…… 뭔가 나를 놀린 것 같은데, 뭔지 잘 모르겠느니라."

계속 몰랐으면 좋겠다.

나도 모르게 **살짝** 독기가 새어 나간 것 같으니까.

내가 랑이의 솟아오르는 머리카락과 함께 마음속의 독기를 살포시 누르는 사이에, 문을 지키고 있는 병사와 이야기를 마친 우마가 이쪽으로 돌아왔다.

우마가 말했다.

"지금 상황에서 문을 여는 건 망자들을 흥분시킬 수 있으니까 조금 다른 방법으로 들어가도록 할게요."

"다른 방법?"

"저를 따라오시면 돼요."

다른 문이 있나 보네?

그렇게 생각하는 나에게 보란 듯이, 우마는 성벽을 박차고 위로 올라갔다.

……여름날에 치이를 쫓던 내가 이런 기분이었지.

나는 성벽 위에서 우리를 내려다보는 우마에게서 시선을 돌려 랑이를 보았다.

내 시선에 담긴 뜻을 눈치챈 랑이가 두 팔을 번쩍 들며 외쳤다.

"내가 도와주겠느니라!"

목소리에 기쁜 기색이 역력하다.

그래, 랑이가 행복하면 됐지.

나는 고개를 끄덕였고, 랑이는 두 손을 호랑이의 앞발로 변화시킨 다음에 내게 말했다.

"나를 믿고 뒤로 눕거라."

갑자기 옛날 생각이 난다.

유치원에서 친구를 믿고 뒤로 누우면, 친구들이 받아 주는 교육이 있었지. 미리 날 받아 주는 애들의 보물들을 훔쳐 놓았었는데도, 지금처럼 마음 놓고 뒤로 눕지 못했었다.

그보다 슬슬 받아 줄 때가 됐는데?

그런 생각을 했을 때.

등 뒤와 엉덩이 바로 아래에 작지만 푹신한 감촉이 닿았다.

나는 랑이를 올려다보았고, 랑이는 나를 내려다보며 고개를 끄덕였다.

"뛰겠느니라."

"그래."

랑이가 훌쩍, 날아올랐다.

옛말에 호랑이가 사람을 물고 성벽을 타고 오르는 건 일도 아니라고 했다는데, 그 말이 사실인 것 같네.

그리고 내려가는 것도.

나와 랑이의 뒤를 따라 마마도 성벽을 타고 올랐고, 더 이상 뒤에서 호위할 필요가 없다 생각했는지 우마의 옆에 섰다.

하지만 나는 그 둘의 뒤편에 보이는 것들에 시선을 빼앗겼다.

사람을 묶는 형틀에 화로 속에서 붉게 달아오른 쇠 집게. 원래는 회색이었겠지만 지금은 피로 물들어 갈색이 되어 버린 돌바닥은 듬성듬성 깨진 부분까지도 보였다. 그리고 그 모든 걸 한 눈에 볼 수 있는 높은 곳에 마련된 붉은색 옥좌와 뒤에 펼쳐진 병풍.

이것들을 보아, 아마 여기가 망자들을 심판하는 재판장인 것 같다.

……아니, 잠깐만.

재판장은 보통 재판만 하는 곳 아닌가?

그런데 여기는 왜 이렇게 흉악해?

"여기는 뭐 하는 데야?"

"염라대왕님께서 망자들의 죄를 심판하는 재판장이에요."

"……여기서 고문이나 형벌도 내리냐?"

우마가 고개를 저었다.

"고문은 하지 않아요. 그저 망자들을 겁주기 위한 도구일 뿐이죠."

두 가지를 물었는데 한 가지만 대답이 돌아왔군.

"저 핏자국은?"

"그, 그냥 좀, 피를 흘릴 일이 아주 가끔씩 있을 때가 생기는 경우가 있는 것도 같거든요."

이제 확실하게 알 것 같다.

우마는 뭔가 자기들에게 불리한 이야기를 할 때는 말꼬리가 길어지는구나.

도대체 무슨 일이 있으면 핏자국이 생기는지에 물어보려고 했을 때.

"그, 그보다 안채로 안내할게."

마마가 오른쪽 팔과 오른쪽 다리를 동시에 앞으로 내딛으며 말했다.

……뭔가 불쌍해지니 너무 곤란하게 만들지 말자.

나는 우마와 마마의 뒤를 따라 재판장의 뒷문으로 나가, 우거진 나무로 둘러싸여 있는 길을 몇 분을 걷고서야 작은 암자에 도착할 수 있었다.

뭔가, 옛날에 아야가 살았던 허름한 집이 생각나는군.

나는 언제 무너져도 이상할 것 같지 않은 암자를 가리키며 말했다.

"여기가?"

"예. 여기가 염라대왕님께서 머무시는 안채예요."

"헤에……."

내 안에서 염라에 대한 평가가 올라갔다.

"꽤 검소하게 사네? 염라대왕이라면 저승의 왕 중 한 명이잖아? 그러면 나름대로 으리으리한 곳에서 살 줄 알았는데."

나는 염라를 진심으로 칭찬을 했는데 말이다.

"……."

"……."

너희 둘은 왜 시선을 피하냐?

식은땀은 또 왜 흘리는데?

내가 뭘 잘못 말했나 싶어 물어보려는데, 그에 앞서서 우마가 헛기침을 했다.

"들어가시면 아시게 될 거예요, 요괴의 왕님."

"……응. 들어가 보면 알 거야."

왜 그렇게 사람이 불길해지는 말만 하는 거냐.

그러거나 말거나, 여기까지 왔는데 물러날 수도 없는 노릇이다.

나는 랑이의 손을 잡은 손에 힘을 주며 말했다.

"갈까?"

랑이가 내 손을 맞잡아 주며 고개를 끄덕였다.

"응!"

나와 랑이는 누가 먼저라고 할 것 없이, 창호지가 뜯어져 나간 문을 열고 안으로 들어갔다.

방 안을 본 순간.

"……우와."

랑이의 호박색 눈동자가 동그랗게 변했다.

아마 외관과는 전혀 다른 내부의 모습에 깜짝 놀랐나 보다.

다른 세계까지 갔다 온 나조차 놀랄 정도였으니까.

물론, 이런 일을 겪어 본 게 처음은 아니다.

왜, 우리 집에도 밖에서 보면 평범한 건물의 일부로 보이지만 안에 들어가면 전혀 다른 곳이 있잖아.

세희가 요술로 개조한 욕실 말이다.

그러니까 이것도 우리 집 욕실과 비슷한 경우라고 볼 수 있겠지.

하지만 그래도 말이다…….

이건 규모가 다르다.

나는 뒤를 돌아 시선을 피하고 있는 우마와 마마에게 말했다.

"……아까 한 말 취소다."

우마와 마마가 얼굴을 붉히며 고개를 숙였다.

아무래도 염라가 자신의 암자에 걸어 놓은 요술…… 일단 요술이라고 해야겠지? 요술 때문에 부끄러운가 보다.

그럴 만도 하지.

그 허름한 암자 안에 궁궐이 하나 들어가 있을 줄 누가 알았겠어?

그것도 그냥 궁궐이 아니다.

중국의 자금성이 생각날 정도로 크니까.

지금 있는 곳은 단순한 입구로, 안에 들어가려면 화원으로 장식되어 있는 돌길을 몇 백 미터는 걸어야 할 것 같다. 그러고 나서도 계단을 주구장창 올라가야 하고.

나는 갑자기 머리가 아파 왔다.

이거, 사치 아니야?

그런 내 생각을 읽었는지, 아니면 내가 한 말 때문인지.

마마가 슬그머니 옆에 와서 내 티셔츠의 밑부분을 살짝 잡아끌며 말했다.

"여, 여기는 염라대왕님께서 요술도 안 쓰시고 손수 만드신 곳이야."

흥미가 생겼다.

"이걸 요술도 안 쓰고 혼자서 만들었다고?"

지금이 아니라면 언제 염라대왕을 위해 변명을 할 수 있겠냐는 듯, 마마가 격렬히 고개를 끄덕이며 말했다.

"응. 혼자서."

마마의 말에 우마가 무언가 씁쓸한 표정으로 고개를 끄덕였다.

너희들이 좀 도와주지 그랬냐?

나는 그런 생각을 하며 고개를 돌려 궁궐을 보았다.

마마의 이야기를 듣고 보니 새삼 대단하다 느껴지네.

요술로 뚝딱 만든 것도 아니고, 이걸 손으로 만들었다고? 그것도 혼자서?

……그렇게 할 일이 없었나?

아니지. 우마와 마마는 염라의 일이 힘들다고 말했다. 실제로 내가 봤을 때도 재판을 기다리는 사람들의 수가 많았고.

그러면 단순히 심심해서 이런 궁궐을 혼자 만들었다고 보기는 힘들다.

뭔가 이유가 있다는 생각이 드는 건, 내가 너무 영향을 많이 받았기 때문일까?

만약, 시간이 난다면 염라에게 물어보도록 하자.

지금은 그보다 더 중요한 게 있으니까.

"그래."

나는 그렇게 이 화제에 대해 끝을 맺은 뒤 랑이의 손을 꼬옥 잡고 궁궐의 안쪽으로 걸어갔다.

……왜 랑이의 손을 꼬옥 잡았다고 강조하냐면 말이지.

"성훈아, 성훈아! 저거 보거라! 꺄하핫, 오줌 누는 곳에서

물이 나오느니라!"

분수에 조각되어 있는 오줌 누는 천사상에 관심이 쏠렸다가.

"우왓! 이건 해태가 아니느냐? 깜짝 놀랐느니라!"

잘 만든 석상을 보고는 위에 올라타지를 않나.

"응? 이건 천도복숭아이니라. 여기에서 자라고 있다니, 신기하구나."

이것저것에 눈이 팔려서 손을 놓는 순간 무슨 난리가 날지 모를 것 같아서다.

……아, 이건 사족인데.

랑이에게 끌려서 해태 석상에 다가갔을 때, 머리가 내 쪽을 향해 살짝 움직인 것 같았다.

착각이겠지만.

착각이겠지.

착각이어야 한다.

어쨌거나.

랑이가 나와 한 약속을 잘 지켜주는 것 같아서 다행이다.

나도 끝까지 잘 지키기로 다시 한 번 다짐을 하자.

그렇게 랑이가 다른 곳으로 뛰쳐나가지 못하도록 하면서, 나는 계단을 오르고 궁궐 내로 들어가게 되었다.

그렇게 곧장 염라가 잠들어 있는 침실로 갔다면 정말 좋았겠지만.

"죄송하지만 염라대왕님께서 깨어나실 때까지 기다려 주셨으면 해요, 요괴의 왕님."

“정말 미안해. 그래도 한 번 깨셨으니까 오래 걸리지는 않을 거야.”

우마와 마마가 우리의 눈치를 보며 간절한 부탁을 하는 바람에 어쩔 수 없이 손님용 방으로 향해야만 했다.

그런데 그 방이 말이야.

꽤나 심적으로 안정이 되지 않는 인테리어다.

일단 방 안에 여닫이문이 있어서 공간이 나뉜다는 것도 그렇고.

방 안을 가득 채운 문양이나 붉은색이 화려하고 예쁘기는 하지만, 나는 한국 사람이라서 말이야.

그래서일까.

자연스럽게 눈꽃처럼 새하얀 랑이를 보는 것으로 눈의 피로를 풀고 싶어진다.

“응? 왜 그러느냐?”

사정을 모르는 랑이는 머리카락으로 물음표를 만들었지만.

나는 사실 그대로를 랑이에게 말했다.

“네가 너무 예뻐서.”

“으, 으냐앗? 가, 갑자기 그런 말을 하는 게 어디 있느냐? 내 심장이 터질 것 같이 뛰지 않느냐?”

이런. 랑이마저 붉게 변했다.

“…….”

“…….”

너희 둘은 왜 그렇게 어이없어 하는데? 염라를 생각하면 너희들한테 그런 시선을 받을 이유가 없다고.

랑이에게 사랑의 말을 속삭이는 게 뭐가 문제라고.

……많은 문제가 있는 것 같지만, 나는 얼굴에 철판을 깔고 뻔뻔하게 우마와 마마에게 말했다.

"우리도 염라가 깰 때까지 좀 쉬고 싶은데, 괜찮을까? 여기까지 오는 데 조금 지쳤거든."

내 말에 우마와 마마는 화들짝 놀라서는 고개를 숙이며 말했다.

"죄송해요. 필요한 게 있으면 탁자 위의 종을 울려 주세요."

"그러면 내가 금방 달려올게."

내가 고개를 끄덕이자 우마와 마마는 누가 먼저라고 할 것 없이 방문을 닫고 밖으로 나갔다.

자, 이제야 겨우 우리 둘만 있게 됐구나.

"후아아아……."

"흐냐아아~"

나와 랑이는 누가 먼저라 할 것 없이 깊은 한숨을 내쉬었다.

"일단 여기까지는 왔네."

"그렇느니라. 괜찮을까 걱정했는데 다행이니라."

염라를 만나지 못할 가능성도 생각해 뒀거든.

애초에 염라 입장에서는 나와 만나 줄 이유가 없으니까.

그래서 최악의 경우, 랑이가 힘껏 날뛸 각오까지 하고 있었다. 그럴 만한 명분도 있고.

"그러면 이제 어떻게 염라를 설득하느냐가 문제이니라."

"그래, 그래."

눈을 초롱초롱 빛내며 다음의 일을 생각하는 랑이와 달리, 나는 일단 침대에 다리를 걸친 채 뒤로 누워 버렸다.

피곤해…….

"성훈아?"

고개를 들어보지 않아도 랑이가 당황하고 있다는 걸 알 수 있었다.

"일단 좀 쉬고 나서 생각하자."

티는 안 냈지만, 피곤하거든.

다른 세계에서 이리저리 구르다가 원래 세계로 돌아왔더니, 세희가 잡혀갔다는 이야기를 들었다. 덕분에 가족들과의 해후도 뒤로 미루고 바로 저승에 오게 됐지.

물론, 쉬지도 못했다.

……목욕도 못하고.

…………잠도 못 잤어.

기억할지 모르겠지만, 나는 사하 영주 때문에 자다가 깼었다. 그러고 나서 있는 힘껏 굴러야했지.

체감하기에는 몇 달 전의 일인 것 같지만, 내게는 바로 몇 시간 전의 일이다.

잠깐 눈이라도 붙일까.

그런 생각을 하고 있자니, 랑이가 쪼르르 다가와서 영차 하고 침대에 올라와 앉았다.

나는 고개를 돌려 랑이를 올려다보았고, 랑이는 나를 내려다보았다.

랑이가 말했다.

"미안하느니라."

상당히 가라앉은 목소리로.

"왜 네가 사과하는 거야?"

뜬금없게.

"세희에 대한 걱정 때문에 네 생각을 못하고 있었느니라."

아. 그런 거였냐.

나는 피식 웃음을 흘리며 랑이의 볼에 손을 가져다 댔다. 랑이가 내 손을 맞잡아 왔다.

손을 감싸 안는 따스한 온기에 마음의 피로가 화악 풀리는 것 같다.

몸의 피로는 풀리지 않겠지만.

"어린애가 어른 걱정하는 거 아니다."

항의의 뜻인지 랑이의 손에 살짝 힘이 들어갔다.

그렇다고 아프다는 건 아니고, 내 손을 꼬옥 잡아주는 정도다.

"나는 그렇게 성훈이가 가끔씩 아해 취급을 하는 게 불만이니라."

내가 마음만 먹으면 네가 어른이 될 수 있다는 걸 알지만, 세희의 말대로 사람의 외관이라는 건 중요하거든.

그리고 말이다.

"지금 아니면 언제 하겠냐."

안 그래?

그렇게 나는 랑이에게 눈빛으로 물었다.

“……”

그렇다고 한 치는 앞으로 나온 봉선화로 물들인 것 같은 입술이 안으로 들어가지는 않았지만.

“그리고 미안해할 거 없어. 나도 비슷한 일이 있었으니까.”

정말 그때는 주변에 보이는 게 없었지.

……덮고 있는 이불이 없기에 나는 인생의 흑역사를 잊기 위해 다른 방법을 써야만 했다.

“으냐앗?”

랑이의 가슴께를 눌러 내 옆에 눕히는 거로 말이야.

나는 깜짝 놀라 팔을 쭉 핀 상태로 내 옆에 누운 랑이를 가슴에 껴안았다.

춥지도 덥지도 않은 저승의 날씨 때문일까, 품에 안은 랑이의 체온을 온전히 느낄 수 있었다.

“그러니까 지금은 잠깐 이렇게 있자.”

“……응.”

랑이가 내 등 뒤로 팔을 두르는 것을 느끼는 것과 동시에 나는 깊은 잠에 빠져들었다.

이승의 첫 번째 이야기

성훈이 저승에 간 뒤.

"아우우우, 걱정이 태산 같은 거예요."

치이는 가만히 있지 못했다.

자리에 앉아 있다 해도 귀 윗 머리카락이 쉴 새 없이 파닥이는 건 기본. 애초에 가만히 앉아 있는 것도 잠시뿐이지, 이내 엉덩이를 들썩거리다가 결국 참지 못하고 일어나 방 안을 서성인다.

페이라도 옆에 있었다면 치이를 진정시키는 데 힘을 썼겠지만…….

페이는 저승 문을 여는 데 온 힘을 쓴 대가로 방안에 누워 있으니.

결국 치이를 진정시키는 건 나래의 역할이 되었다.

"성훈이라면 괜찮을 거야. 랑이도 있으니까."

그 말에 설득력은 없었지만.

안경을 걸친 채 쉴 새 없이 노트북을 두드리다가도 울리는 휴대폰을 확인하면서 아랫입술을 깨무는 나래의 모습은 불안감으로 가득 차 있었다.

"오라버니니까 걱정이 되는 거예요."

"……그렇긴 하네."

나래는 치이의 말에 쓴웃음을 지었다.

소꿉친구의 기괴할 만한 행동력과 결단력은 알고 있지만, 그게 언제나 좋은 결과로 이어지리라는 보장은 없으니까.

"그래서 다들 성훈이하고 랑이하고 세희를 도우려고 뭔가 하려는 거잖아?"

치이를 안심시키기 위해 한 말이었지만, 그 반응은 조금 달랐다.

"아우우우……."

치이가 어깨를 추욱 늘어뜨리고 고개를 숙인 채 땅만 바라봤으니까.

"왜 그래, 치이야?"

"……저만 아무것도 할 수 없는 거예요."

치이의 풀 죽은 모습에 나래는 잠시 손을 멈출 수밖에 없었다.

나래가 말했다.

"그렇게 생각해?"

치이가 살짝 눈물이 맺힌 눈으로 고개를 끄덕였다.

나래는 어깨를 으쓱하고 자신의 옆자리를 손으로 두드렸다. 치이가 옆에 앉자 나래는 풀이 죽은 동생의 머리를 쓰다듬으며 말했다.

"그럴지도 모르겠네."

울컥.

나래의 상냥한 손길과 달리 잔인한 말에 치이의 눈가에서 눈물이 뚝 떨어졌다.

"치이는 평범한 요괴니까, 성훈이하고 랑이하고 세희가 무사히 돌아올 수 있도록 도와주는 건 능력 밖의 일이고."

성훈이의 가족 중에서 가장 평범한 요괴를 말한다면, 아마도 치이와 폐이일 것이다.

하지만 폐이는 성훈이가 저승에 갈 수 있도록 돕는 게 자신에게는 아직 힘든 일이라는 걸 알면서도 저승의 문을 열어 줬다.

결국, 남은 것은 치이뿐.

"……알고 있는 거예요."

그 사실이 무력감을 불러일으켜 치이의 마음을 아프게 만들었다.

한없이 작아진 치이를 바라보며 나래가 말했다.

"하지만 치이가 해 줄 수 있는 일이 있어."

말이 끝나기 무섭게 치이가 고개를 번쩍 들었다.

"제가 도울 수 있는 일이 있는 건가요?!"

그 모습을 보며 나래는 마음속으로 씁쓸히 웃었다.

"그래."

내참, 그 바보. 너무 사랑받고 있다니까?

"다들 바쁜 와중에 치이만이 해 줄 수 있는 일이……."

치이가 기다리지 못하고 나래의 두 손을 꼬옥 잡으며 말을 끊었다.

"그게 뭔가요, 나래 언니? 가르쳐 주시는 거예요! 제가 할 수 있는 일이라면 무엇이든 하는 거예요!"

나래는 갑자기 성훈이 떠올랐다.

그 바보라면, 치이의 갸륵한 말을 듣고서 장난을 칠 생각이나 했겠지. 나를 위해서 팬티를 보여 달라고 농담을 하는 식으로. 그러면 치이는 부끄러워하면서도 성훈이를 향해 짧은 치마를 들어올리고…….

응, 유죄. 유죄를 선고할게. 돌아오면 두 팔로 내 몸이 으스러질 정도로 꽈악 끌어안아 주는 벌을 내릴 거야.

그러면 정말 행복하겠지. 한 손으로는 성훈이의 등에 두르고, 다른 한 손으로는 은근슬쩍 아래로 내려서…….

"나래 언니?"

치이의 조바심 넘치는 목소리에 나래는 정신을 차렸다.

"미안해. 잠깐 생각할 게 있어서."

"……갑자기 음흉한 표정을 지으셨던 거예요."

성훈이를 위해 할 일이 있다는 자신의 말 때문일까. 평소에 성훈이에게 잘 보이는 세모난 눈을 뜬 걸 보니, 어느새 치이도 기운을 되찾은 것 같다.

"요즘 나래 언니가 오라버니를 너무 가깝게 대해서 조금 걱정이 되는 거예요. 조금은 옛날이 더 좋았다는 생각이 들 때도 있는 거예요."

너무 차린 것 같다.

나래는 미소를 지으며 말했다.

"지금 질투하는 거야?"

치이의 귀 위 머리카락이 하늘로 치솟아 올랐다.

"꺄우우우?! 왜 이야기가 그렇게 되는 건가요? 저는 나래 언니가 걱정된다고 했던 거예요!"

"내가 성훈이하고 너무 달라붙으니까 그런 게 아니고?"

얼굴이 새빨개진 치이가 두 팔을 휘저으며 말했다.

"다, 달라붙는다니. 아우우우, 그런 말, 그런 말 하면 안 되는 거예요!"

"얘는? 가끔 나보다 더할 때도 있으면서, 뭘 그렇게 부끄러워해?"

"제가 언제 그랬던 건가요?!"

……누워 있는 성훈이의 머리맡을 치마를 입은 채로 서 있는다거나, 양쪽 어깨를 훤히 드러낸 저고리를 입는다거나, 조금 전과 같이 망상을 불러일으키는 말을 하는 게 모두 자각 없이 하는 일이란 말이야?

치이, 무서운 아이…….

나래는 마음속으로 치이를 '귀여운 여동생'에서 '살짝 경계해야 할지도 모르는 귀여운 여동생'으로 정정하며 말했다.

"아니면 됐어."

여동생이 오빠에게 자각 없는 어리광을 부리는 건 일종의 권리 같은 거니까.

"아우우우?"

정작 치이는 자기가 성훈이에게 무슨 일을 했는지 되씹으며 고민을 하고 있는 것 같지만.

나래는 쓸데없는 걱정을 하고 있는 치이에게 말했다.

"그보다 성훈이하고 랑이하고 세희를 위해서 치이가 할 수 있는 일, 이제 관심 없니?"

치이가 있는 힘껏 고개를 저었다.

"가르쳐 주시는 거예요!"

나래는 귀여운 여동생에게 자신이 사랑하는 남자를 위해 할 수 있는 일을 알려 주었다.

만약 자신도 성훈이와 랑이와 세희를 위해 할 수 있는 일이 아무것도 없었더라면 그 자괴감이 상당할 것이라는 것을 알고 있었으니까.

치이는 나래가 조언해 준 일을 상상도 못했는지 눈을 동그랗게 뜨고는 잠시 굳어 버렸다.

하지만 그것도 잠시.

"알겠는 거예요! 저도 제가 할 수 있는 최선을 다하는 거예요!"

이내 뛰쳐나가듯 방문을 열고 나섰다.

그 뒷모습을 보며 나래는 쓴웃음을 흘렸다.

'그 바보. 돌아오기만 해 봐.'

나래는 이 모든 일의 원인이 된 친구에게 한마디 하기 위해서라도, 자신이 할 수 있는 일을 계속했다.

저승의 두 번째 이야기

……뭐야, 이 술 냄새는?

다음 날 이른 아침. 의식이 돌아오고 나서 가장 먼저 한 건 술 냄새 때문에 코를 막는 일이었다. 방 안을 가득 채운 술 냄새가 역하다는 건 아니다. 달콤한 향이었으니까.

하지만 단순히 달콤한 향기라면 상관이 없겠지만 그 안에 알코올이 첨부되어 있다면 이야기는 다르다. 아버지 덕분에 술 냄새만 맡아도 취하는 체질로 자랄 수 있는 기회조차 박탈당한 나지만, 그래도 술은 술이다.

무엇보다 이 방에는 나 혼자만 있는 게 아니니까.

신경이 랑이에게까지 닿자, 잠기운과 술기운에 살짝 취해 있던 머리가 거짓말같이 깨어났다.

나는 침대에서 벌떡 일어나서 옆을 내려다보았다.

"음냐, 음냐~"

잠들어 있는 랑이의 코가 평소보다 살짝 붉어져 있었다. 자고 있는 모습도 자유로움을 갈망하는 투사 같았고.

……아니, 이건 평소하고 마찬가지구나.

배를 드러내고 잠들어 있는 거나, 내가 일어나니까 손으로 옆을 더듬고서는 몸을 웅크리는 거라든가. 이런 건 평소에도 자주 볼 수 있는 랑이의 잠버릇이다.

어쨌든 방 안을 가득 채운 술 냄새에 크게 영향을 받지 않은 것 같아서 다행이다.

그래도 환기는 시켜야겠지만.

나는 침대에서 내려와서 창문을 열려고 하다가 가림막 바깥쪽에 인기척이 느껴진다는 사실을 깨달았다.

누군지 신경이 쓰이지만 일단 창문부터 열자.

"후우……."

창문을 통해 신선한 저승의 공기가 내 폐를 가득 채웠다.

……신선한 저승의 공기라니.

내가 말하고도 좀 이상한 것 같지만, 사실이 그런데 어떻게 해?

한숨을 돌리고 나자, 불청객 쪽으로 신경이 간다. 분명 저 녀석이 방 안에 술 냄새를 가득 채운 거겠지. 지금도 뭔가 홀짝이는 소리가 들리는 걸 보니 현재 진행형으로 술을 마시고 있는 것 같다.

내가 할 말은 아니지만, 저 사람은 예의라는 걸 모르는 걸까.

일단 나는 이곳에 온 손님 입장인데 말이야.

도대체 어떤 놈이야?

나는 가림막을 손으로 제치고서 침실 밖으로 나갔다.

"깼어어?"

거기에는 염라가 있었다.

언젠가 후식으로 먹은 적 있는 과편을 안주로 삼아 술잔을 기울이고 있는 염라가 말이야. 그것만으로도 어이가 없을 지경인데, 탁자 위에 제멋대로 쓰러져 있는 호리병이 네 병이나 된다는 사실에 머리가 아플 지경이다.

재, 분명 숙취 때문에 고생한다고 하지 않았나?

홀짝.

이런 생각을 하는 도중에도 염라는 잔과 함께 관을 기울이고서는, 다시 술잔을 채우며 관을 바로 세웠다.

"너도 한잔할래애?"

그리고 그 술잔을 내게 향했다.

나는 표정으로 답했고, 염라는 낮은 한숨을 쉬더니 다시 잔을 기울였다.

자신의 입 쪽으로.

"역시 나아의 벗이 되어 주는 건 너밖에 없구나아……."

왜일까.

염라의 뒤에 우리 아버지의 환영이 보이는 건?

그리고 내 안에서 끓어오르는 이 익숙한 짜증은 또 무어고.

나는 내 감정에 충실히 따르기로 했다.

"생각이 바꼈어어?"

내가 다가가자 염라는 살짝 흐리멍덩한 눈동자로 나를 올려다보며 술을 권했다.

"그럴 리가."

나는 딱 잘라 말하고 염라의 손목을 잡았다.

"에에에?"

깜짝 놀랐는지 뒤로 넘어간 관을 세울 생각도 못하며, 염라가 휘둥그레진 눈으로 내 손과 자신의 손목을 번갈아 보았다.

그러거나 말거나.

탁!

나는 이 틈에 염라의 손 안에서 술잔을 빼내 탁자 위에 내려놓았다.

"아아앗, 지금 뭐 하는 거야아……."

염라가 내게 잡히지 않은 반대쪽 손을 뻗어 술잔을 잡으려고 한다.

나는 술잔을 최대한 탁자의 끝으로 밀었다.

염라가 팔을 뻗다가 그대로 탁자 위에 엎어져 버리고서는 손가락을 움직인다. 그런다고 닿을 거리가 아니지만.

자신의 노력이 의미 없다는 것을 깨달은 염라가 고개를 돌려 상당히 원통하고 원망스럽다는 듯이 나를 올려다보며 말했다.

"어떻게 할 거야아. 잔이 너무 멀잖아아."

그런 말을 하기 전에 일단 일어나는 노력이라도 해 봐라. 그러면 술잔이 손에 닿을 테니까.

……애초에 옆에 있는 술병이 빈 것도 아닌데 왜 술잔에 집착하는지 모르겠지만.

"할 말은 그게 다냐?"

잠시 고민하던 염라가 관을 머리 위로 바로 세우며 말했다.

"언제까지 어깨춤을 추게 할 거야아?"

"뜬금없이 무슨 어깨춤이야?! 왜 여기서 술 마시고 있는지나 말해!"

알 수 없는 헛소리에 나도 모르게 울컥해 버렸고, 염라는 지금이 기회라는 듯 호들갑을 떨었다.

"꺄아아~ 화냈어어~ 나아한테 화냈어어~"

이럴 때 쓰는 유서 깊은 우리말이 있다.

지랄하고 자빠졌네.

"술잔을 돌려주지 않으면 용서 안 할 거야아~"

호들갑으로는 모자란지 이제는 발을 휘저으며 협박 같은 투정까지 부린다.

이럴 때 쓰는 유서 깊은 우리말이 또 하나 있지.

술 마시면 개가 된다.

젠장, 이래서 술 취한 사람을 상대하는 건 싫다니까.

하지만 다르게 생각하면, 이건 우연찮게 찾아온 기회다.

염라는 꽤나 기분 좋게 취해 있고, 이럴 때는 제대로 된 사고를 못하는 경우가 많으니까.

지금만큼 세희에 대한 이야기를 꺼내기 좋을 때가 또 어디 있을까.

……왜 염라가 제 발로 여기까지 와서 술을 마시고 있었는지는 모르겠지만, 어쨌든 기회라는 사실은 달라지지 않는다.

그렇다고 갑작스럽게 세희에 대한 이야기를 꺼내 봤자 원하는 대답은 들을 수 없겠지만.

나는 일단 염라의 손목을 놓고 의자를 끌어와서 그 옆에 앉았다.

"……."

……얜 또 왜 이래?

왜 갑자기 상갓집에 온 것 같은 분위기가 된 거야?

내가 옆에 앉아서 그런가?

아니, 그럴 리가 있겠냐. 오히려 손목을 잡았을 때와는 거리가 더 멀어졌…….

잠깐만.

설마 그런 이유냐?

머리로는 이해할 수 없지만, 지금까지 길러 왔던 감이 내게 한 가지 가설을 세웠다.

나는 그 가설을 확인해 보기 위해 손을 뻗어 염라의 손목을 다시금 잡아봤다.

"꺄아아~ 다시 잡혀 버렸어어!"

손을 놓았다.

"…………."

슬쩍 머리를 쓰다듬어 주었다.

"진도가아 너무 빠른 거 아니야아?"

손을 내렸다.

"………………."

나는 지끈거리는 이마를 손가락으로 누르며 말했다.

"한 가지만 물어보자."

염라가 한층 가라앉은 목소리로 말했다.

"……뭔데에?"

"너……."

이런 말을 해도 되는지 잠깐 고민해 봤지만, 그래도 확인은 해 봐야겠다.

"스킨십 좋아하냐?"

쓰고 있는 관이 옆으로 흘러내려 갔지만 염라는 다시 올릴 생각을 하지 않았다.

젠장, 역시 괜히 말했나?

그런 생각을 하고 있을 때.

"어떻게에 알았어어?"

모르는 게 바보겠지이이이이이!!

"요괴의 와앙은 사람을 잘 보는구나아?"

나는 지끈거리는 머리를 부여잡으며 염라에게 말했다.

"그렇게 티를 팍팍 내는데 모르는 게 이상한 거 아니야?"

"그래애? 그랬나아아?"

염라는 고개를 갸우뚱거리며 말했다.

"우리 애들은 눈치 못 채던데에."

염라가 어깨를 으쓱하며 어딘가 씁쓸한 목소리로 말을 이었다.

"아니, 못 채는 척하는 걸까아?"

음.

내가 염라와 우마와 마마의 관계를 깊게 살펴볼 시간은 없었지만 말이다. 우마와 마마는 염라를 공경하고 있다고 해야 하나, 무서워하고 있다고 해야 하나. 조금 그런 느낌이었거든?

그러면 염라가 스킨십을 좋아하든 말든 가까이 다가가기는 힘들겠지.

"어쨌드은 요괴의 와앙은 언제 다시 해 줄 생각이야아?"

이 녀석이 갑자기 무슨 말을 하는 지 잘 모르겠다.

"뭘 다시 해 줘?"

"조금 전까지이 해 줬던 거어."

조금 전까지 내가 뭘…….

아, 그건가?

"이거 말이냐?"

나는 혹시나 하는 생각에 염라의 머리를 쓰다듬었다. 정확히 말하면, 머리 위에는 관이 있기 때문에 뒤통수를 쓰다듬어 줬다고 해야겠지.

마치 집에서 기르는 강아지의 등을 쓰다듬어 주는 느낌이다.

"응, 응. 이거 좋아아아~"

염라는 세상을 다 가진 듯 행복한 표정을 지으며 두 눈을 감았다. 내 손의 감촉에 온 신경을 집중시키듯 말이지.

뭐냐, 이 녀석.

지금이 제대로 된 첫 번째 만남인 거 맞지? 엉망인 첫 번째 만남에서는 바로 드러누워 자 버렸으니까.

"……일단 오늘 처음 만난 사람인데 말이다."

"그래서어?"

"거리감이 너무 가까운 거 아니야?"

내 당연한 지적에 염라가 말했다.

"그래도오 어쩔 수 없는거얼~"

뭐가 어쩔 수 없냐.

네가 스킨십을 좋아해서? 그래도 스킨십이라는 건…….

그런 생각을 하고 있을 때, 염라가 입을 열었다.

"요괴의 와앙의 영성은 지옥에서는 구하기 힘든 명주우 같은 거니까아."

별의 별 호칭으로 불려 본 경험이 있는 나지만, 술에 비유되는 건 이번이 처음이다.

"명주?"

"그것도 최상그읍……."

그렇게 말하던 염라는 나를 위아래로 살짝 훑어본 뒤 말을 이었다.

"아니이~ 상그읍의 명주."

……한 단계 내려갔군.

그래도 첫 만남부터 나를 이렇게 호의적으로 봐 주는 녀석은 거의 처음 아닌가?

그렇기에 약간 호감을 가지게 된 염라가 내게 말했다.

"계속 쓰다듬어 줘어어."

어느새 손이 멈춰 버렸구나.

나는 일단 염라의 요구를 따르며 말했다.

"그래서 그게 무슨 상관인데?"

내 영성이 겉보기와 다르게 꽤 괜찮은 상태라는 건 성문 앞에서 있었던 일 때문에 알고 있다.

하지만 그게 처음 만난 거나 다름없는 사람에게 머리를 쓰다듬어 달라고 보채는 것과 무슨 관계가 있는지에 대한 이야기를 못 들었단 말이지.

그런 내게 염라가 대답했다.

"요괴의 와앙은 정말 아무것도 모르는구나아?"

나는 당당하게 말했다.

"그런 소리 많이 듣는다."

요괴의 존재를 알게 된 건 채 반년도 안 되니까. 그동안 쌓인 지식이라고 해 봤자 얼마나 되겠어?

그러니까 내가 아는 게 없는 건 당연한 거다.

그래. 당연한 거야.

듣고 있냐, 강세희?!

내가 모르는 게 많은 건 당연한 거라고!

여기 없는 녀석에게 불만을 토로하고 있는 내게도 아랑곳않고, 내 손길에 흐뭇한 미소를 짓고 있는 염라가 말했다.

"그런 거 있잖아아. 같이 있으며언 마음이 편해지는 신기한 사아람. 그런 사람 같이 영성이 아름다운 사람으은 우리 같은 인외의 존재들의 마으음을 편안해지게 만들 거드은."

……그런 것치고는 내 주변은 언제나 시끌벅적한 것 같았는데.

그렇다고 염라의 말이 이해가 안 되는 건 아니다.

나도 랑이와 살을 맞대고 있으면, 마음이 편해지는 경향이 있으니까.

"그래서 어쩔 수 없는 거야아~ 그러니까 계속 쓰다듬어……."

염라가 뭔가 떠올랐는지 말을 하다 멈추고 맞은편에 있는 의자에 시선을 돌렸다.

뭔가 싶어서 의자를 봤지만, 그저 평범한 의자였다. 고급 중국집에서나 있을 것 같은 중국풍의 의자이긴 했지만.

"저기이, 요괴의 와앙."

슬쩍 염라가 고개를 뒤로 젖혀서 내 손에 머리를 기대며 말했다.

"그래서 말인데에, 한 가지이 부탁해도 될까아?"

이럴 때 머릿속에서 계산기부터 두드리는 나는 세희에게 오염된 것일까.

아니면…….

나는 떠오르는 기억을 잠시 묻어 두고서 염라에게 대답했다.

"부탁에 따라서."

"저엉말 쉬운 일이야아."

그런 말이 가장 무서운 법이지.

나는 더더욱 경계를 높였다.

늘어진 목소리와 자세 때문에 평범한 어린아이처럼 보일 수도 있지만, 잊으면 안 된다.

이 녀석은 염라대왕이다.

발설지옥의 왕이며, 세희의 재판을 맡은 인물이다.

절대로 얕봐서는…….

"나아, 요괴의 와앙의 다리 위에 앉아 보고오 싶어어."

"응?"

내가 잘못 들었나?

내 귀를 의심하고 있자니, 염라가 슬쩍 내 쪽으로 몸을 기울이며 말을 이었다.

"안 될까아?"

……의도를 모르겠다.

"갑자기 왜?"

의심을 감추지 않고 물어봤지만, 염라는 거짓 하나 보이지 않는 순수한 아이의 모습으로 내게 말했다.

"기부운 좋을 것 같아서어."

이래 봬도 다른 사람의 표정은 잘 살피는 편인 내가 보기에, 염라가 뭔가를 숨기는 것처럼 보이진 않았다.

그저 순수하게 내 다리 위에 앉아 보고 싶은 것 같다.

……머리가 좋아지니 의심병에 걸렸구나.

단순히 방금 전에 얘기했던 영성과 관계가 있던 건데 말이야.

"그렇게 내 영성이라는 게 대단한 거냐?"

"으응, 그렇지는 않아아."

바로 부정당했다!

살짝 침울해지려고 할 때, 염라가 말을 이었다.

"하지마안 이런 부탁을 할 수 있는 사람을 만난 거언 요괴의 와앙이 처음이거든은."

"……그러냐."

꿩 대신 닭이라는 거군.

하지만 칭찬은 칭찬이다. 우리나라 사람들에게 닭이 얼마나 소중한 가축인데?

"그러면, 자."

그렇기에 나는 염라의 부탁을 들어주기로 했다. 어린아이를 위에 앉히는 게 그리 드문 일도 아니고 말이야.

……상대가 저승을 다스리는 염라대왕이라는 점이 조금 특이할지 모르겠지만, 지금 내실에서 코 주무시는 분은 단군신화에서 나오는 호랑이님이십니다.

언제나 내 머리를 복잡하게 만드시는 이승에 계신 분은 견우성의 의지시고요.

이제 와서 염라대왕이 뭐가 대단하겠냐.

"……."

하지만 어째서인지 염라는 의자에 일어나 이쪽으로 다가오기만 했을 뿐, 스스로 내 위에 앉으려 하지 않았다.

그저 내 앞에서 안절부절못할 뿐.

……근데 왜 발놀림이 묘하게 시합에 나간 권투 선수와 닮아 있는 것 같지? 잘하면 한 대 칠 것 같은데, 생각이 바뀌었나?

"왜? 싫냐?"

염라가 맹렬하게 고개를 흔들었다. 자연스럽게 관도 같이 흔들렸지만, 그 위에 놓인 명부가 떨어질 생각을 하지 않는 게 참 신기하다.

성문 앞과는 다르게.

혹시 저 명부는 염라가 읽으려고 할 때만 관에서 떨어지게 돼있나?

그런 생각을 하고 있는 내게, 염라가 말했다.

"요괴의 와앙이 나아를 앉혀 줘어."

……정말 바라는 게 많은 염라대왕님이시군.

하지만 별로 어려운 일도 아니기에 나는 순순히 그 부탁을 들어주기로 했다.

의자에서 살짝 일어나 두 손으로 염라의 허리를 잡아 제자리에서 빙글 돌린 뒤, 그대로 내 쪽으로 끌어당기면서 의자에 앉은 다음 그 위에 염라를 앉히는 거다.

내 위에 앉은 염라는 잠시 엉덩이를 꾸물꾸물거리며 편한 자세를 잡고선 입을 열었다.

"요괴의 와앙의 품은 편안하네에~"

"그러냐."

"이대로오라면 꾸벅 졸 것 같아아."

"자지 마."

"흐아아암~"

농담이 아니라는 듯, 염라가 두 팔을 쭈욱 피며 늘어지게 하품을 쉬었다.

야, 인마.

"졸리면 네 방 가서 자라."

"어제 일으을 별로 못 했으니까아 그건 안 돼애."
"그러면 일어나던가."
"그건 싫은거얼?"
"어쩌라는 거야?"
"글쎄에?"
술주정뱅이의 정석적인 표본이 여기 있습니다.
그런 생각을 하고 있을 때, 염라가 관으로 내 얼굴을 위협하며 말을 이었다.
"있지, 있지이~ 요괴의 와앙, 이렇게 된 기임에 내애 이야기 좀 들어 줄래애?"
아무래도 술주정뱅이들이라면 공통적으로 가지고 있는, 수다 스위치에 불이 들어간 것 같다.
"내가 왜?"
"이야기이 하다 보면 잠에서 깰 수도 있잖아아?"
아니, 보통은 이야기하다가 그대로 탁자에 머리 박고 자지 않냐.
우리 아버지는 그러던데.
"알았다."
하지만 적어도 그게 지금 상황보다는 좋을 것 같기에 마지못해 고개를 끄덕였다.
"그래서 뭔데?"
내가 흥미를 보이는 척하자 염라가 반색해서는 몸을 반쯤 돌렸다.

자연스럽게 비어 버린 염라의 등으로 내 손이 향한 건, 우리 집 아이들 덕분이겠지.

다만 우리 집 아이들과 다른 게 있다면, 염라의 등이 꽤나 단단하다는 거다. 헐렁한 옷 너머로도 느껴질 정도로.

지금은 거기에 대한 생각을 할 때가 아닌 것 같지만.

"우리 아이들 중에서어 그래도 나아를 가장 편하게 대하는 애들이 우두하고 마두거드은?"

염라가 늘어진 목소리로 알 수 없는 이야기를 했으니까.

그런데 우두하고 마두는 또 누구야?

……아, 우마하고 마마 말인가.

염라는 그 둘을 우두하고 마두라고 부르는 구나. 나도 그렇게 부를까 생각은 했었지.

중대한 이유로 포기했지만.

어쨌든, 둘의 호칭은 아무래도 좋다.

하도 어이없는 소리를 들었다 보니까 말이지.

"……그게?"

"으응."

고개를 끄덕이느라 내 얼굴을 칠 뻔한 관을 바로 세우며 염라가 말했다.

"다른 아이들은 나아하고 눈도 못 마주치거드은."

내 기억이 잘못 된 게 아니라면, 우마와 마마도 염라와 눈을 마주치는 건 본 적 없는데.

"그래서어어~ 나아는 술친구도 없이이 혼자서 마실 수밖에 없었던 거야아."

나왔다.

알콜 중독자 및 예비생들의 주된 자기 합리화.

나는 헤롱헤롱 취해서는 어깨를 추욱 떨어뜨린 염라에게 말하려고 했다가.

"……."

한 가지 사실을 깨달았다.

염라가 '이곳에서 술을 마시고 있는 이유'에 대한 대답을 했다는 사실을.

나는 잠시 잊고 있었는데 말이야.

기억력이 좋은 건지, 사람의 말을 흘려듣지 않는 성격인지 잘 모르겠네.

"그렇게 술을 마시고 싶으면 네 방에서 마셔라."

그래도 할 말은 한다.

"하지마아아안."

"하지만, 뭐."

염라가 자신의 허벅지에 손가락을 대고 빙글빙글 돌리며 볼멘소리를 터트렸다.

"……내애 방에서 마시면 우두하고 마두가 울 것 같은 얼굴을 하는거얼. 둘 다 아무 말도 못하면서, 그런 표정은 반칙이라고오."

염라의 표정에서는 진한 불만과…….

아쉬움?

아니, 아니다.

잘 숨겨져 있지만 이건 아쉬움이 아니라 외로움의 편린이다.

나 또한 그랬고, 랑이 또한 그런 시기가 있었기에 염라의 마음을 제대로 파악할 수 있었다. 술에 취한 염라에게 그런 걸 언급해 봤자 귀찮을 일만 늘어날 테니 이번에는 넘어가겠지만.

"그래서 내 방에서 마시는 거냐?"

염라가 고개만 이쪽으로 돌리고서 내게 말했다.

"으응. 좋은 이유도 있었으니까아."

그게 뭐냐고 묻기도 전에 염라가 말을 이었다.

"내애가 직접 만나러 가면 어제 깜빡 졸아 버린 거에 대한 사과도 될 거라고 말이야아. 이래 봬에도 남들이 보면 특벼얼 취급이다아? 낮에는 바쁘니까아."

……그게 어떻게 사과가 되는 지는 둘째 치고.

술 마시면서 평소에는 바쁘다는 말을 해 봤자 설득력이 있겠냐.

딴죽 걸고 싶은 마음을 참고 있자니 염라가 말을 이었다.

"거기다 마치임 둘이 잠들어 있었으니까 기다리는 김에에 술 마시기도 딱 좋고오. 이게에 일석이조라는 거야아."

염라의 사고방식을 이해할 수는 없었지만, 뭐, 이런 경우가 한두 번이어야 따질 마음이 들지.

사람마다 살아온 환경과 성격에 따라 사고방식이 달라진다는 건 이미 알고 있는 일이니까.

지금은 내 목적을 이루는 데 집중하자.

"내가 보기에는 다른 속셈이 있어 보이는데 말이다."

예를 들어, 세희와 관련된 일이라든가. 나에게 주제 넘는 짓을 하지 말라는 경고를 하기 위해서라든가. 어제 보인 치태에 대해 사과하러 왔다고, 누가 진심으로 생각하겠어?

"흐으응?"

기분 탓일까. 염라의 회색 눈썹에 살짝 분홍빛이 감돈 것 같았는데.

내 위에서 폴짝 뛰어내려 이쪽을 바라보는 염라의 눈매가 날카로워진 건 확실하게 알 수 있었지만.

살짝 날이 선 목소리로 염라가 말했다.

"……요괴의 와앙. 지금까지 내애가 한 말 어디로 들은 거야아?"

어딜 봐도 취객이 시비를 거는 말투다.

그렇다는 건…….

나는 설마 하는 심정으로 염라에게 말했다.

"……진짜 술 마시러 온 김에 사과하려고 한 것뿐이야?"

염라가 고개를 끄덕이다가 관을 바로 세우고서는 살짝 짜증이 묻어나는 목소리로 말했다.

"망자들을 심판하는 저승의 시왕(十王) 중 한 명인 이 염라대왕이 거짓을 입에 담을 것 같아?"

잘하면 한 대 칠 것 같은 모습이었지만, 오히려 그렇기에 나는 어깨를 으쓱거리며 말했다.

"요괴의 왕인 난 거짓말을 밥 먹듯이 하는데?"

"푸우웁!"

……그렇게 웃긴 이야기였나?

그렇게 뿜을 이야기냐?

잠시 기침을 하며 숨을 고른 염라가 나를 황당한 시선으로 보며 말했다.

"나아한테 그런 말을 해도 되는 거야아?"

오히려 내가 묻고 싶다.

"하면 왜 안 되는데?"

"내애가 발설지옥의 시왕이라는 거 모르고 있어어?"

"알고 있는데."

냥이가 가르쳐 주길, 발설지옥은 죽은 이가 생전에 혀로 지은 죄를 재판을 받는 곳이라 했다. 재판 결과 벌을 받게 되면 혀를 길게 뽑고 넓혀서 그 위에 나무를 기른다고 하던가?

'3개월간 갈지 않은 청소기의 필터 같이 더러운 네놈의 혀에는 아마 수만 그루의 나무가 심어질 것이니라.'

……불난 집에 기름을 부었다가 랑이가 집을 날려 버릴 뻔했던 건 덤이고.

어쨌든 그 기억을 되살리자 왜 염라가 내 말에 당황했는지 알 것 같다.

말로 타인을 상처 입힌 죄를 심판하는 자신에게 거짓말을 밥 먹듯이 한다는 고백을 했으니 말이다.

내 나이 열일곱.

벌써부터 사후 준비를 하고 싶어질 줄은 생각도 못했다.

"……선의의 거짓말도 죄가 되냐?"

염라는 알쏭달쏭한 눈웃음을 치며 말했다.

"글쎄에? 그건 죽고오 나면 알 수 있지 않을까아? 하지만 지금 요괴의 와앙이 걱정해야 하는 거언 선의의 거짓말이 아닐 것 같은데에?"

……그야 그렇죠.

"아, 앞으로는 말조심을 한다 치고."

가능할지 모르겠지만.

"지금까지 저지른 말실수는 어떻게 해야 돼?"

"그것도오 죽고 나면 알 수 있을 것 같고오."

눈웃음으로도 모자라 입가가 꿈틀꿈틀거리고 있다.

이, 이 자식 즐기고 있어!

염라가 슬쩍 내 쪽으로 몸을 숙이고서는 턱을 괴며 장난기 넘치는 목소리로 말했다.

"왜에? 그렇게 찔리느은 게 많아, 요괴의 와앙?"

당연히 많지! 내가 어렸을 때 육체적으로, 정신적으로 얼마나 많은 애들을 괴롭혔는데!

"……혹시 변호사 고용 가능하냐."

"안타깝게도 **스스로가 스스로를 변호해야아 하는 게 규칙이야아.**"

음.

어느 쪽으로든 안 좋은 이야기를 들었다.

그럴 가능성도 있을 거라고 생각은 했지만 직접 확인을 받으니 골치가 또 아파오네.

나는 일단 가까운 현실을 멀리하고 먼 미래의 일을 걱정하기로 했다.

"그러면 죽지 말아야겠네."

"푸웁!"

이 자식, 또 뿜었어!

거기다 이번에는 얼굴에 튀었다고!

나는 손으로 얼굴을 닦으며 염라에게 말했다.

"뭐가 또 그렇게 웃긴데?"

염라가 어깨를 들썩이며 말했다.

"어떤 의미로는 정답이라서 말이야아."

"그러냐?"

"죽지 않으면 내애 앞에 설 일도 없을 테니까아."

정했다.

저승에서 이승으로 돌아가면 최대한 빨리 신선이 되도록 노력할 거야! 뭘 해야 하는지는 모르지만, 그건 세희가 가르쳐 주겠지.

물론 그 전에 할 일이 있지만.

"……그런데 그게 요괴의 와앙의 답이야아?"

그런 내 생각을 읽었다는 듯이, 염라가 나를 슬쩍 떠보듯이 말했다. 옛날이었다면 무슨 의도로 이런 말을 하는지 눈치 못 챘겠지만, 나도 이제는 머리를 쓸 줄 안다고!

"어."

야, 야. 그렇게 차가운 눈으로 보지 마라. 여기가 냉혈지옥인 줄 알겠다.

나도 다 이유가 있어서 이렇게 말한 거라고.

"그래에?"

하지만 그 이유를 말하기도 전에 염라가 내게 질려 버린 것 같다. 나는 염라가 몸을 돌리려는 걸 보고 급히 말을 이었다.

"물론 그 전에 내가 잘못을 저질렀던 사람들을 찾아가서 사과를 할 거지만."

"흐으응?"

염라가 다시금 나를 바라보며, 자연스럽게 내려온 관을 바로 세운 뒤에 턱을 괴었다.

다시 흘러내렸지만.

……저 관, 은근히 신경 쓰이네.

"그 사람들 다아 기억하고 있어어? 왜에, 그런 말도 있잖아아."

"때린 사람은 잊고 살아도 맞은 사람은 잊지 못한다는 거?"

염라가 명부와 관을 한꺼번에 손으로 잡고 고개를 끄덕였다.

옛날에는 맞은 사람은 발 뻗고 자도, 때린 사람을 그러지 못한다고 했지만, 요즘에는 그런 경우가 별로 없지.

오히려 때린 사람들이 편하게 살고, 맞은 사람들이 과거에 사로잡혀서 힘들게 사는 경우가 많다.

……내가 할 말은 아닌 것 같이 들릴지 몰라, 조금이나마 변명을 하자면.

나는 어렸을 때 저지른 내 잘못을 잊지 않고 있다.

정말이다. 가끔씩 어렸을 때의 일에 대해 언급을 해 왔잖

아. 벌써 10년도 더 된 일이라 조금 가볍게 말하는 경향이 없진 않았지만, 그건 나래에게 참교육을 받고 이모와의 소중한 시간을 보낸 뒤, 아이들을 찾아가서 그동안 내가 저지른 잘못에 대한 사과를 하고 용서를 받기 위해 눈물겨운 노력을 한 탓도 있을 거다. 유치원 졸업식 날, 겨우겨우 모든 아이들에게 용서받았을 때는 그 자리에서 펑펑 울기까지 했었지.

그 모습을 보며 선생님들은 손수건으로 눈물을 닦았다는 이야기를 아버지께 들었던 기억도 있는데…….

그런 부끄러운 이야기는 여기까지 하고.

나는 염라에게 말했다.

"물론 내가 지금까지 살아오면서 나도 모르게 상처를 준 애들이 얼마나 있고, 어디서 뭘 하며 살고 있는지도 몰라."

나름 행실을 조심하며 살아왔지만, 사람 일이라는 건 모르는 거니까.

"그러면 방법이 없는 거 아니야야?"

나는 말했다.

"하지만 세희라면 다 알고 있겠지."

염라가 눈썹을 꿈틀거렸다.

"헤에에?"

내가 여기서 세희의 이야기를 꺼낼 줄은 몰랐나 보다.

그렇겠지.

나도 즉흥적으로 떠올린 생각이었으니까.

염라는 흥미가 가득한 눈으로 나를 바라보기만 할 뿐 입을 열지 않았다.
내 말을 기다리고 있는 거다.
"너도 내가 왜 이곳에 온지는 알고 있지?"
염라가 표정 하나 바꾸지 않고 말했다.
"저승 관과앙?"
"……내가 미쳤다고 저승에 관광을 오겠냐."
"미친 거 아니었어어?"
말 속에 뼈가 있네.
먼 옛날, 아사달의 영성이 스스로의 요술로 인해 소멸된 이후.
하늘은 '세상의 근원을 위협할 수 있는 요술의 개발 및 발전, 혹은 그 사용을 금기로 정한다'고 한다.
인간으로 태어나 인간으로 살아온 나는 하늘이 얼마나 대단한 존재인지 모른다. 하지만 요괴들이 하늘을 정말 신을 대하듯 하고 있다는 건 안다.
그리고 나와 랑이는 요괴의 왕과 요괴인 몸으로 요괴들이 숭상하는 하늘의 뜻을 어긴 대죄인을 구하기 위해 저승에 왔지.
인간 이외의 존재들이 보면, 말 그대로 미친 거나 다름없는 짓일 것이다.
하지만 염라의 말을 긍정할 수는 없지.
"아니다."
"그래애?"
염라가 허리를 펴고 앉아서는 내가 치워 버렸던 술잔을 향해 손을 뻗었다.

아무래도 이 화제에 대해서 피하려는 것 같다.

그래서 나는 슬쩍 뜬금없어 보이는 소리를 했다.

"내가 제대로 알고 있는지는 모르겠지만, 지옥이라는 건 지금까지 저지른 죄에 대한 벌을 받는 곳이지?"

갑자기 왜 어린애도 알 만한 걸 묻느냐는 듯 염라가 고개를 끄덕였다.

술잔을 손에 쥔 채.

"이건 내 개인적인 생각인데 말이다. 죄를 벌한다는 건, 그 다음을 위한 과정이라고 봐."

예를 들어, 다른 사람이 똑같은 죄를 저지르지 않도록 만들기 위한 경고의 의미.

혹은.

"자신이 저지른 죄를 씻기 위한 의미로 말이지."

염라는 묵묵히 술잔을 채웠다.

"그리고 너는 죄를 벌하는 것으로 죄인들에게 먼 훗날이나마 더 나은 삶을 살 수 있는 기회를 주는, 지옥을 다스리고 있는 시왕 중 한 명이야."

그리고 염라는 머리에 쓰고 있는 관 속에 손을 넣어 비어 있는 술잔을 꺼냈다.

잠깐, 야! 술잔이 더 있었던 거냐!! 그러면 왜 아까…….

아니, 이런 딴죽을 걸 때가 아니지.

나는 흐트러진 생각을 바로잡고 말을 이었다.

"그런데 자신의 잘못을 깨닫고, 그 잘못을 바로잡으려고 노력하는 사람에게 염라대왕인 네가 도움을 주지는 못할망정, 방해를 하는 건 잘못된 게 아닐까?"

"헤에……."

나는 눈웃음을 짓는 염라에게 말했다.

"그러니 내가 세희와 만날 수 있게 도와줘."

염라는 대답 대신 빈 술잔을 내 쪽으로 밀었다.

……이건 무슨 의미로 받아들이면 되는 거냐.

나는 술잔에서 염라에게 시선을 돌렸다.

염라가 말했다.

"사기꾼 같네, 요괴의 와앙은."

"사기꾼은 너무한 거 아니냐."

"글쎄에~?"

염라는 긍정도 부정도 하지 않고 살포시 웃고는 말을 이었다.

"간단하게에 논파할 수 있지마안, 내애 마음을 울리는 주장이었어어~ 나아도 모르게 고개를 끄덕일 뻔했다니까아?"

하지만 나를 바라보는 시선에서는 웃음기를 조금도 느낄 수 없었다.

"그러니까아, 내애 가슴을 두근거리게 해 준 요괴의 와앙에 대한 경의로오."

염라가 허리춤에 손을 대며 말을 이었다.

"업경(業鏡)을 보여 줄게에."

염라가 대롱대롱 매달려 있던 거울을 들어 내 쪽을 향해 돌렸다.

"업경? 그게 뭔데?"

결과부터 이야기하면, 염라는 내 질문을 무시했다.

"업경아, 업경아아아~ 요괴의 와앙이 죗값을 치러야 할 일을 보여다오오~"

그것도 동화에서나 나올 법한 말로.

하지만 그것만으로도 나는 이 거울이 어떤 것인지 알 수 있었다.

그 사실을 깨닫는 순간.

"자, 잠깐!"

나는 기겁해서 손을 들었다.

지금까지 내가 저지른 잘못을 차마 맨 정신으로 볼 자신이 없다고!

하지만 내 바람과 상관없이 업경은 형형색색으로 빛나더니!

내 얼굴을 비추었다.

……내가 죗값을 치러야 할 일을 보여 달라고 했더니, 내 얼굴만 보이고 있다.

이건 그거냐?

내 얼굴이 죄라는 거냐?

짜샤, 울어 버린다? 마음만 먹으면 지금 당장 울 수 있다고?

"봤지이?"

그래. 내 얼굴을 잘 봤다.

나는 대답에 따라 울거나 화를 낼 준비를 마쳐 놓고 염라에게 말했다.

"내 얼굴밖에 안 보이는데."

"으응. 그거야아."

"뭐가 '으응, 그거야아~'냐. 제대로 설명을 하라고."

심기 불편한 나와 달리 염라는 왠지 모르게 기쁜 표정으로 말했다.

"치러어야 하알 죗값이 없다는 거지이."

"……."

잠깐 동안 할 말을 잃었다.

내가 벌받을 게 없다고? 말도 안 되는 소리. 지금까지 나 때문에 상처 입은 사람들이 얼마나 많았는데?

지금 당장 침대 위에서 잠들어 있는 랑이만 하더라도, 어린이 공원에서 내 말 한마디에 큰 충격을 받지 않았던가?

그뿐만이 아니다.

이승에서 나를 기다리고 있을 나래에게도 씻지 못할 마음의 상처를 줬다.

내 주변에 있는 아이들이 아니더라도, 내가 유년기에 저지른 짓을 나는 기억하고 있다. 입에 독주머니를 물고서 온갖 나쁜 말을 기관총처럼 쏘아 대고 아이들을 괴롭혔던 내가, 죄가 없다고?

"말도 안 돼."

염라가 흥미 있다는 듯이 회색 눈썹을 슬쩍 올리며 말했다.

"왜 그렇게 생각해애?"

"내가 지금까지 살아오면서 얼마나 많은 잘못……."

"아아~"

염라가 내 말을 끊고는 왠지 모르게 능글맞은 미소를 지으며 입을 열었다.

"착각하면 안 돼애, 요괴의 와앙."

"응?"

"요괴의 와앙이 죄를 짓지 않았다는 게 아니야아. 벌을 받으을 죄가 없다는 거지이."

염라가 무슨 말을 하는 지 알 것 같았다.

죄를 짓지 않으며 살아왔다는 것과 죄를 짓고 그에 대한 충분한 벌을 받으며 살아왔다는 건 다른 이야기니까.

……이건 안 좋아.

대화의 흐림이 내게 안 좋은 쪽으로 흘러갈 기세다.

일단 반박하고 보자.

"용서받았다고 해서 내가 저지른 죄가 없어질 리가 없잖아?"

내 말에 염라가 탁자에 몸을 기대고서는 부들부들 떨었다.

뭐가 또 그렇게 웃긴데?

꽁한 표정을 지은 채로 잠시 기다리자고 있자니, 허리를 세우면서 관도 바로 세운 염라가 눈가를 훔치며 말했다.

"요괴의 와앙은 사기꾼은 사기꾼인데 덜떨어진 사기꾼이네에."

"무슨 뜻이야 그거."

"좀 전에 나아한테 말했잖아아. 죄에 따라 벌을 받는 건 자신이 저지른 죄를 씻기 위해서라고오."

……아.

"그러면 그 죄를 당사자에게, 아아. 이거 중요해애. 당사자아. 다른 사람이 괜찮다고 말하는 건 아무 의미 없어어."

당사자라는 말을 할 때 검지를 세워 단어를 강조한 염라가 말을 이었다.

"당사자에게 진심으로 용서받는 순간, 더 이상 그 죗값을 물 필요가 없다는 말도 되지이?"

그런 귀여워 보이는 모습과 달리 염라의 말에는 뼈가 있었고 내 입술은 바짝 말라갔다.

"또하안 요괴의 와앙은 자신이 저지른 잘못에 대하안 벌을 스스로 찾아서어 받았어어. 그렇기에 요괴의 와앙은 혀로 저지른 죄는 없다는 게에 내애 판결이야아. 그러니까아 세희를 만나서 확인해야 한다느은 요괴의 와앙의 주장은 논파 완료오~"

염라가 웃으며 말했다.

"어때에? 할 말 있어어?"

……없다.

망했어. 자기 말에 발목이 잡힌 꼴이다.

바보같이 일단 부정하고 보는 게 아니라, 다른 쪽으로 말을 돌리거나 다른 방법을 생각해야만 했다.

너무 안일했어!

내가 속으로 자신을 자책하고 있을 때.

"그것과 별개로오 요괴의 와왕은 내애가 칭찬해 줄게에. 지금까지 정말 착하게 살아왔어어. 앞으로도 착하게 살아 주세요오."

염라가 흐뭇한 표정으로 나를 칭찬해 줬지만, 그와 달리 나는 그다지 기쁘지 않았다.

나는 왜 이렇게 착하게 살아왔는가!

좀 더 말로 사람을 상처 입히고 사과도 안 하고 살았어야 했는데!

그래야 세희를 만날 구석이라도 있지!

아니. 아직이다.

포기하기에는 아직 이르다!

"그래?"

나는 얼굴에 철판을 깔고 말했다.

"그러면 상을 받고 싶은데."

"헤에에?"

염라가 어리둥절해한다.

"죄를 지으면 벌을, 그렇다면 착하게 살아왔다면 상을 받아야 하는 거잖아. 안 그래?"

안다. 나도 이게 정말 어이없는 소리라는 걸.

벌을 주는 사람한테 상을 달라고 하는 경우가 어디 있어?

완전히 억지라는 건 알아!

하지만 이제 남은 방법이 이것밖에 없는걸!

"그렇기도 한데에……."

그런데 어째서인지 염라는 내 말에 고개를 끄덕여 줬다.

"내애가 칭찬해 주는 거로는 모자라아?"
"응."
"그래애?"
염라가 시무룩해져서는 고개를 푹 숙였고, 머리 위의 관도 뒤따라 흘러내려 갔다.
"요괴의 와앙에게는 내애 칭찬이 별로 의미가 없는 거였구나아."
……아니, 염라대왕에게 착하게 살았다고 칭찬을 받은 건 기쁘긴 한데 말이다. 지금 내가 상황이 상황이다 보니 그걸 인정하기 조금 곤란해서.
나는 그런 말을 하는 대신, 좀 더 얼굴에 철판을 깔았다.
"아니, 뭐, 그런 건 아닌데……."
무리였지만.
나에게도 수치심이라는 게 있다!
"그래도 사람마다 뭔가 바라는 게 있잖아? 이왕이면 그쪽을 들어줬으면 하는 거지."
염라가 고개를 옆으로 돌려 나를 올려다보며 말했다.
"너무 많은 걸 바라지마아, 요괴의 와앙. 욕심이 과하면 화를 부른다고도 하잖아아?"
염라의 목소리에는 살짝 엄한 기운이 감돌아 있었다.
……이건 경고로군.
일단 지금은 물러날 때인 것 같네.
지금 상황에서, 나는 어디까지나 염라에게 부탁을 하는 입장이니까.
지금은 말이야.
"그러니까 말이야아~"
그때.
"착하게 살아온 요괴의 와앙에게, 나아하고 거래를 할 수 있는 기회를 줄게에."
염라가 말했다.
"……거래?"
"응~ 거래애."
장난스러운, 하지만 그 눈빛만은 진지한 염라가 말했다.
"관심 있어어?"
없다면 거짓말이겠지.
애초에 내가 염라를 만나고 싶었던 건, 부탁하고 싶은 것이 있기 때문이다.
염라에게 상을 달라고 했던 건, 바라는 것이 있기 때문이다.
지금 그걸 얻을 수 있는 기회가 찾아온 거다.
역시 사람은 착하게 살고 볼 일이라니까!
다만 염라가 '거래'라고 했으니, 분명 나도 그에 상응하는 대가를 치러야 한다는 게 문제다.
"당연히 관심 있지."
그렇다고 뒤로 뺄 생각이었다면 여기까지 안 왔다.
"잘 됐다아."
그렇게 말하며 염라는 자신의 비어 있는 잔에 술을 붓고 슬쩍 내 앞으로 시선을 돌렸다.

"이럴 때에는 계약주를 나눠 마시는 게 관례인데에."

순간, 등골이 오싹해졌다.

이 녀석, 이렇게 될 걸 예측하고 미리 나한테 빈 잔을 건넨 거야?

……나른해 보이는 겉모습에 마음을 놨다간 큰코다칠지도 모르겠네.

나는 염라에 대한 경계도를 세희급으로 올리며 말했다.

"그건 계약 조건에 대해서 합의가 끝난 다음 이야기잖아."

나는 그렇게 말하며 주위를 둘러보았고, 다행히 내가 찾던 것을 발견할 수 있었다.

"그런가아?"

나는 다시 염라를 향해 시선을 돌렸다.

"그러며언 내애가 먼저 말할까아?"

나는 고개를 끄덕였다.

보통 이럴 때는 나중에 말하는 게 협상의 유리한 자리를 차지하는 경우가 많고, 염라가 무슨 말을 하든 내가 바라는 건 변하지 않으니까.

"나아는 말이야아."

그리고 염라가 진지한 표정으로 말했다.

"여자애들한테에 자연스럽게 신체 접촉을 하는 방법을 배우고 싶어어."

나는 고민했다.
“……그러니까, 스킨십?”
염라가 고개를 끄덕였다.
“여자애들한테?”
염라가 다시 한 번 고개를 끄덕였다.
“그러니까 여자애들한테 자연스럽게 스킨십을 하는 방법을 나한테 배우고 싶다고?”
염라가 고개를 끄덕이느라 흘러내린 관을 바로 했다.
나는 염라를 바라보았다. 고개를 저었다.
가슴을 보았다. 알 수가 없다.
목젖을 보았다. 의미가 없다.
머리를 보았다. 관 때문에 알 수가 없다.
고민은 더욱 더 깊어졌다.
나는 고민하고 고민하고 고민했다.
고민 끝에, 나는 말했다.

“……너, 남자였냐?”

“……죽여 버린다, 요괴의 왕?”

히이이익?!
눈매가 예리해지고 눈동자에서 붉은 불꽃이 튄다! 처음 들어 보는 염라의 힘 있는 목소리에 나는 등골이 오싹해졌다.

무, 무서워!

"내애가 어딜 봐서 남자애라는 거야아? 화낸다아?"

더 무서운 건 언제 화를 냈냐는 듯이 다시 늘어졌다는 거지.

……이런 사람을 화나게 하면 안 좋다는 걸, 나는 잘 알고 있다.

나는 일단 머리를 숙였다.

"미안해. 하지만 네가 남자애 같다는 게 아니라, 그 뭐냐……."

나는 내심 겸연쩍어 볼을 긁으며 말했다.

"보통 그런 건 이성한테 하고 싶어지는 법이니까."

생각해 봐.

세현이 갑자기 나한테 다가오더니 머리를 쓰다듬는다거나, 볼을 만진다거나 손을 잡는다거나 그런 짓을 한다고.

우에에에엑.

생각만 했는데도 속이 울렁거린다.

아, 물론 아이들끼리 하는 것은 괜찮습니다.

아직 어린아이들이니까요!

그러니까 우리 집 아이들도 OK입니다!

"나아는 남자든 여자든 상관없는데에."

염라의 이야기에 잡생각이 사라졌다.

"그, 그래?"

"그래애."

나는 최대한 당황한 티를 내지 않기 위해 열심히 노력하며 말을 이었다.

"그래, 그런 게, 뭐, 이상한 건, 응, 이상한 건 아니라고 생각해. 사람마다, 그런, 뭐라고 해야 하나, 어, 그렇지, 개성이라고 하니까 말이야."

무리였습니다!

덕분에 염라가 가늘어진 눈으로 나를 바라보며 말했다.

"저기이, 요괴의 와앙. 지금 나아의 이야기를 어떻게 들은 거야아?"

나는 염라의 화를 돋우지 않기 위해 노력하며 말했다.

"……어, 그러니까 사람을 좋아하는데 성별은 상관없다는 이야기 아니었나?"

"……."

염라가 아무 말도 하지 않고 나를 바라보았다.

시간이 흐를수록 등 뒤가 식은땀으로 흥건해지는 기분이다.

여름인가? 갑자기 여름이 찾아온 건가?

속옷까지 땀으로 축축해졌을 때.

"푸훕."

염라가 웃음을 터트렸다.

어리둥절한 나를 놔두고 잠시 배를 잡고 웃던 염라가, 살짝 눈물이 맺힌 눈가를 소매로 닦으며 말했다.

"아하하핫, 그런 거 아니야아."

"……그러면?"

"아까 말했잖아아. 나아는 스킨십을 좋아한다고오."

……그랬지요.

"단순히이 그런 이유야아."

정말? 정말 그 이유가 다냐?

나는 염라의 이야기를 듣고 나서 그런 의문이 들었다.

"아닌 것 같은데?"

그리고 난 웬만하면 호기심을 풀고 싶어 하는 성격이지.

하지만 염라는 내 호기심 해결에 도움을 줄 생각이 없는 것 같다.

"그건 마음대로오 생각해, 요괴의 와앙."

긍정도 부정도 아닌 말로 선을 그어 버렸으니까.

"그래."

조금 더 캐묻고 싶은 마음도 없지 않아 있다.

하지만 지금은 염라의 사정에 대해 파고들다가 천재일우의 기회를 놓칠 수는 없다.

이 녀석이 어떤 고민을 가지고 있든, 어떤 사정이 있든, 왜 신체 접촉을 좋아하든 그건 내게 중요한 문제가 아니다.

지금 내 발등에 불이 떨어진 것으로 모자라, 그 불이 번져서 우리 집이 타고 있는데 어떻게 신경을 써?

……이유가 생기면 모를까.

"그래서어, 내애 조건을 받아 줄 거야아?"

나는 고개를 끄덕였다.

너무 자신감 넘쳐 보일지 모르겠지만, 지금까지 우리 집 아이들과 같이 지내 온 시간이 있으니까 말이지.

그 정도야 쉽게 가르쳐 줄 수 있을 거란 믿음이 있다.

염라는 만족한 표정을 짓는 것으로 내 차례라는 것을 말했다.

음.

"혹시 두 가지도 되냐?"

염라가 장난스러운 미소를 지으며 말했다.

"나아는 한 가지만 말했는거얼?"

그렇다면 하나는 포기해야겠군.

나는 일의 경중을 생각했고, 아주 미묘하게나마 조금 뒤떨어지는 부분을 포기하기로 했다.

"세희가 재판을 받을 때 발언권을 가지고 싶다."

"으으응~ 아까 변호에 대한 이야기를 했을 때에 말이야~"

섬뜩해진 나와 달리 염라는 빙긋 웃으며 말했다.

"요괴의 와앙의 표정을 보고 나아한테 그런 거얼 부탁할 거라 생각했지마안."

흔히 말하는 것처럼, 눈은 웃고 있지 않았지만.

"……재판에 참석하는 거언 기정사실이구나아?"

나는 물러나지 않았다.

"나는 세희의 주인이니까."

염라가 흥미를 가진 눈치라, 나는 말을 이었다.

"다른 말로 하면, 세희는 내 소유물이나 다름없다는 거야."

아닙니다만.

"그런데 주인에게 아무런 말도 없이, 비록 그 소유물이 멋대로 오작동을 일으켰다고 해도 말이지. 그 소유물을 다른 사람들이 강탈해 갔는데 그 처우를 결정하는 상황에도 관여하지 못한다는 건 말도 안 되는 거 아니야?"

"요괴의 와앙."

염라가 말했다.

"그게 어떤 의미인 줄 알고 있는 거야?"

나는 답했다.

"그래."

짧은 침묵이 지난 후.

"그래애~?"

염라가 등을 쭈욱 펴며 기지개를 켰다.

"알았어어. 받아들일게에."

나도 만세를 부르고 싶었지만 그런 건 어린아이들에게나 허용되는 일이지.

"그러면 계약 성립이다아?"

나는 고개를 끄덕였다.

그런 나를 보는 염라는 이상하게 기분이 좋아 보인다 해야 할지, 흐뭇한 미소를 짓고 있었다.

왠지 모르고 민망하고 쑥스러워지네.

"……왜 그래?"

"으응? 뭐가아?"

왜 나를 그렇게 흐뭇한 미소를 지은 채 바라보고 있냐고 물을 정도로 내 얼굴은 두껍지 않다.

"뭔가 기분 좋아 보여서."

"아아, 그래애?"

염라가 이쪽을 바라보며 탁자에 턱을 괴면서 말했다.

"역시 요괴의 와앙은 정말 정말 착한 아이다 싶어서어."

"그, 그러냐."

다시 말하지만, 내 얼굴 가죽은 그렇게 두껍지 않다.

"으응. 덕분에 힘이 났어어."

그러니까 그런 말 좀 하지 마!

그런 말을 해도 민망하지 않은 건 우리 집 아이들뿐이다!

그 중 제일은 랑이고.

랑이가 아닌 애한테 그런 이야기를 들으니까 뭔가 부끄럽다고!

"으다다다다아앗~!"

그런 내 사정은 모르겠다는 듯 다시 늘어지게 기지개를 켠 염라는 하아~ 하고 한숨을 쉬고서는 자리에서 일어나며 말했다.

"그럼 계약도 끝났겠다아 나아는 일을 하러 가 볼게에."

뭔가 묘한 동질감에 휩싸인 나는 염라에게 말했다.

"……오늘은 쉬는 거 아니었냐?"

"쉰다는 마아알은 한 적 없는데에?"

"일을 미뤘다면서?"

염라가 털썩 어깨를 떨어뜨리며 말했다.

"그래애서 지금부터 하려는 거야아."

아, 그런 거였구나.

마치 30분만 게임하고서 공부해야지, 같은 거.

그 다짐이 지켜지는 경우는 별로 없지만, 지켜질 때도 미련과 아쉬움이 잔뜩 남기 마련이다.

지금의 염라처럼.

그 모습이 조금 안쓰러웠다.

"……그냥 오늘은 쉬지 그러냐?"

하지만 염라는 고개를 저었다.

"하늘이 급히 해결하라고 준 일만 없었어도 그랬을 텐데에……."

하늘이 준 일 = 세희라는 거죠.

"애초에 그 일 덕분에 평소보다 마시는 양도 늘었고오…… 힘들어 죽겠다니까아?"

염라의 푸념에 슬쩍 포기한 한 가지 조건을 치고 들어가 볼까 생각했지만, 나는 이내 포기했다.

염라의 말대로, 그건 과한 욕심이니까.

이번에는 세희의 재판에서 발언권을 획득했다는 것에 만족하자.

무엇보다 지금부터 일하러 간다는 애한테 그런 말을 하고 싶지는 않고.

"고생한다."

그래서 내 입장과는 맞지 않다고 생각하면서도, 나는 염라를 위로했다.

내 위로에 염라는 빙긋 웃으며 의자에서 일어나, 다시금 나를 따듯한 눈으로 바라보며 말했다.

"응, 역시 착한 인간. 요괴의 와앙은 착한 인간이야아."

염라는 그 말을 한 뒤.

"그러며언 마지막으로 계약주를 나누자아."

……잊어 주기를 바랐던 일을 언급했다.

말뿐만 아니라 술병을 집는 걸 보니, 내 잔에 술을 따를 생각인 것 같다.

어쩔 수 없군.

"잠깐만."

"으응?"

나는 자리에서 일어나 아까 찾았던 것을 들고 돌아왔다.

"에엣……."

염라는 내가 손에 쥔 걸 보고 노골적으로 실망한 기색을 보였다.

"설마아. 그런 거 아니지이? 그건 정말 아니지이?"

그러거나 말거나.

나는 가지고 온 물병을 기울여 내 잔을 채운 다음에 염라에게 말했다.

"맞는데?"

염라가 노골적으로 실망한 표정을 지으며 잔을 부딪치며 말했다.

"……요괴의 와왕은 고집 센 나쁜 아이일지도오."

고맙다.

칭찬해 줘서.

이승의 두 번째 이야기

그 무렵.

"키이이잉! 왜 안 되는 건데?!"

아야는 휴대폰을 붙잡고 있었다.

상대는 생명의 은인이기도 하면서, 근래에 들어 건강을 회복한 여린이었다.

[그러니까 아무리 청룡이라고 해도 안 되는 건 안 되는 거야.]

[언니야? 언니야?]

[바꿔 줘, 바꿔 줘.]

아니, 다시 말하자.

아야의 전화에 흥분해서 깡충깡충 뛰면서 휴대폰을 뺏으러 드는 거림과 거루를 말리고 있는 여린이었다.

[엄마는 지금 언니하고 중요한 이야기를 하는 중이니까 안 돼.]

[언니 독차지하고.]

[치사해, 엄마.]

거루와 거림이 한 목소리가 되어 외쳤다.

[[치사해! 치사해!]]

[……그렇게 언니가 좋으면 만나러 가면 되잖니.]

[[……엄마, 너무해.]]

[……에휴, 알겠어. 일단 중요한 이야기가 끝나면 바꿔 줄 테니까…… 여보! 잠깐 도와줘요!]

[음. 알겠네.]

휴대폰 너머로 들려오는 대화에 아야는 잠깐 현실을 잊고 자신의 풍성한 꼬리를 만지작거릴 수밖에 없었다.

역시 한 번 만나 보러 가야 하나? 키이이잉…… 그래도 한 번 가면 또 며칠은 거기 있어야 할 텐데, 그동안 아빠한테 무슨 일이 일어나면 어떻게 해? 안심할 수가 없는걸!

[어디까지 이야기했더라?]

하지만 이내 그것도 성훈이 저승에서 두 명과 함께 돌아왔을 때 가능한 일이라는 것을 떠올린 아야가 여린에게 말했다.

“상소 이야기.”

[그래. 그랬지.]

잠시 서로 뜸을 들인 후, 처음 입을 연 것은 아야였다.

“여린 아줌마도 기린하고 같은 신수잖아? 그런데 안 된다는 게 말이 돼?”

[그렇게 쉬운 일이 아니야. 나하고 기린은 격이 다르기도 하고.]

그건 아야도 알고 있다.

기린은 하늘이 열릴 때부터 존재했던 신수니까. 대요괴 중의 한 명인 여린이라 해도 기린과 비교하면 그 격이 떨어지는 건 어쩔 수 없는 일이다.

하지만.

"키이잉…… 아줌마한테는 아저씨도 있잖아."

지금껏 전해지는 설화를 통해서도 알 수 있겠지만, 용과 인연이 있는 신선은 천계에서도 그 위상이 높다. 하물며 신수라 불리는 청룡과 연을 맺고 슬하에 자식을 두고 살아가는 거타지는 어떠할까.

하지만 여린은 고개를 저었다.

[……그런 의미가 아니었어, 아야야. 이번 일은 그만큼 중대한 일이라는 이야기를 하고 싶었지.]

"크으응…… 그건 나도 알아. 그래서 아줌마한테 부탁하는 거고. 어떻게 안 돼, 구명줄아?"

여린은 자신의 뿔에 번개가 튀는 느낌이 들었다.

아야가 자신에게 부탁을 해 오는 건 정말 기쁜 일이다. 아야의 성격상, 이런 경우는 처음이었으니까.

마음 같아서는 아야의 부탁을 들어주고 싶다.

하지만 말이지…….

하늘의 결정을 번복해 달라는 상소를 올려 달라니.

[세희는 하늘이 정한 금기를 어겼어.]

"크응. 하지만 아무한테도 나쁜 일은 없었잖아. 세희도 결국 포기했……"

[그렇다한들 금기는 금기야.]

여린의 목소리는 엄했다.

[하아…….]

낮은 한숨을 내뱉은 뒤에는 다시 다정해지긴 했지만.

[나도 세희의 이야기에 대해서는 이미 들었단다. 세희에게 그런 사정이 있는 줄은 그때 처음 알았고, 나도 마음속으로는 동정하고 있어.]

"……."

[하지만 그렇다 해도 세희가 하늘이 정한 금기를 어겼다는 사실은 달라지지 않아. 그것도 세상을 무로 돌릴 수 있는 영성과 관련된 요술을 사용했다는 사실 말이야.]

그 이야기를 처음 들었을 때 여린이 얼마나 놀랐는지 아야는 상상하지 못할 것이다.

영성의 존재와 영성을 잘못 다룰 경우 세상이 소멸할지도 모른다는 사실은 알고 있었다.

하지만 영성을 다루는 요술이 세상에 존재한다는 것은, 자신과 같은 대요괴에게도 일종의 전설과 같은 이야기였을 뿐이다.

만약 하늘이 정한 규칙이 없었다면, 그런 요술이 세상에 존재할 수 있다는 것조차 상상할 수 없었을 것이다.

영성이라는 것은 그만큼 심오하고 복잡하며, 감히 그 속을 들여다볼 엄두조차 할 수 없는 '무언가'였으니까.

……그런데 그런 요술을 세희가 알고 있었고, 심지어 그 요

술을 개발한 이는 평범한 인간이었다니.

그 사실을 알게 된 충격에서 겨우 벗어났을 때, 여린은 한 가지 의문을 품을 수밖에 없었다.

자신조차 태어나지 않았던 먼 옛날.

그때 인간과 요괴가 대전쟁을 벌였다면 그 끝이 과연 요괴들의 생각대로 인간의 패배로 끝이 났을까?

"키잉! 하지만 나는 알겠는걸! 그 멍청이가 무슨 생각으로 그런 요술을 썼는지!"

아야의 목소리에 여린의 상념이 깨졌다.

[알아, 아야야.]

만약, 만약에.

여린도 세희와 같은 입장이었고, 사랑하는 남편과 자식들이 그 영성까지 소멸하여 다시는 만날 수 없게 된다면.

자신도 세희와 같은 소망을 품지 않았을까?

그러나 여린은 자신의 생각과 다른 말을 입에 담았다.

[하지만 규칙은 규칙이야.]

여린은 어른이며, 또한 어머니였으니까.

"크응…… 그런 건 나도 알아. 하지만 최소한 사정을 봐 달라고 할 수는 있잖아, 이 답답아!"

[이미 하늘이 세희의 사정을 봐줬다고 생각할 수는 없니?]

천계의 다른 이들의 인식이 그러하다.

감히 한낱 귀신 따위가 하늘이 정한 금기를 어기고 세상의 근원을 위협하는 요술을 사용했는데, 염라대왕의 재판에 모든 일을 맡긴다는 결론이라니.

재판의 결과에 따라 세희가 영겁에 가까운 시간 동안 지옥에서 벌을 받을지 모르지만, 그것으로는 부족하다는 여론이 대부분이다.

만에 하나라도 벌을 받지 않은 채로 모든 기억을 지우고 환생을 시킨다는 판결이 나오면 들고 일어서겠지.

그럼에도, 사실 거타지와 여린은 아야의 바람대로 세희의 죄를 사면해 달라는 상소를 올리는 것은 **어렵지 않다.**

다른 신선들이 자신들을 싸늘한 눈으로 바라보는 것 정도야, 상관없다.

아야에게 후회를 남지 않게 해 주려면 그까짓 것, 못할 게 어디 있겠는가?

하지만 문제는 다른 곳에 있다.

[지금 상황에서 세희의 사면을 바라는 상소를 올리면, 오히려 더한 처벌을 바란다는 상소가 올라올 가능성도 있어.]

덩달아 요괴의 왕과 호랑이에 대한 인식도 나빠질 것이다.

지금도 자신의 창귀 하나 제대로 관리하지 못한 호랑이에게도 벌을 내려야 한다는 소리가 간간히 들려오고 있는 판이니.

그건 분명, 아야에게도 좋은 일이 아닐 것이다.

"크으응……."

하지만 여린은 침울해진 아야에게 그런 이야기까지 들려줄 필요는 없다고 생각했다.

[그러니까 아야야. 아줌마는 이렇게 생각해. 지금은 기회가

찾아오기를 기다리는 게 좋다고 말이야.]

"그 기회라는 게 언제 찾아오는데, 이 바른말아."

[……적어도 여론을 움직일 만한 뭔가가 일어난 다음일 거야.]

"……."

아야는 아무 말도 하지 않았다.

머릿속에서 떠오른 번뜩임의 옷자락을 잡는 데 온갖 힘을 써야 했으니까.

그 시간은 아야에게는 길었지만 여린에게는 짧았다.

아야에게서 아무런 대답도 없자, 그사이를 틈타 여린은 뜨거워진 휴대폰을 반대쪽 귀로 옮겼다.

"……야."

그 사이에 아야가 뭐라고 했나 보다.

[뭐라고 했니, 아야야?]

그때.

"기회는 찾아오는 게 아니라고 했어, 이 고맙아!"

흥분한 아야의 목소리가 휴대폰을 건너 여린의 귀를 울렸다. 깜짝 놀라 귀를 뗀 여린이, 다시 아야에게 무슨 뜻이냐고 물으려고 할 때.

아야는 이미 통화 종료 버튼을 누른 후였다.

여린에게는 나중에 다시 전화를 걸면 되니까. 아니, 직접 찾아가는 것이 좋겠다.

하지만 그건 나중의 일이야! 키히힝!

지금은 급하니까! 이게 가능한 일인지 먼저 확인을 해 봐야 해!

만약 자신의 생각대로 진행된다면, 여린의 말대로 천계의 여론에 영향을 끼칠 수 있을 것이다.

잘될 거라는 보장은 없지만, 시도조차 안 하고 꼬리만 만지고 있는 건 바보 같은 짓.

아야는 흥분에 차 쫑긋 선 귀와 불타는 꼬리를 자랑하며 이 일을 해결할 수 있을 열쇠가 될 이를 향해 뛰었다.

같은 시각.

언니와 통화를 할 수 없다는 사실에 말 그대로 뿔이 난 거루와 거림을 달래기에 여념이 없는 여린을 놔두고.

저승의 세 번째 이야기

"흐아아아아암~"

랑이가 침대에서 늘어지게 기지개를 켜며 몸을 꿈틀꿈틀 거렸다.

염라가 방에서 나간 지, 체감상 한 시간 정도 지난 후의 일이었다. 왜 체감상이냐면 여기에는 시계가 없고, 휴대폰도 먹통이거든.

"응?"

침대 위에서 이리저리 몸을 움직이며 흐느적거리던 랑이가 이제야 내가 바라보고 있다는 걸 깨달은 것 같다.

갑자기 얼굴이 확 붉어져서 그야말로 기묘한 자세로 굳어 버렸거든.

마치 인터넷에서 본 기지개를 피는 고양이 사진처럼 말이다.

"으냐아앗!"

하지만 그것도 잠시.

랑이가 몸을 쭉 펴고 허리의 반동으로 벌떡 일어나더니 볼을 부풀리며 나를 귀엽게 노려보았다.

"그런 건 반칙이지 않느냐?!"

네가 잠에 취해 있는 무방비한 상황을 느긋하게 바라보며 흐뭇한 웃음을 짓는 거?

"이제 와서?"

한두 번 있던 일도 아니고.

"그래도! 그래도!"

랑이가 투정을 부리며 내 가슴을 툭툭 두드린다.

그렇게 두드려 봤자 내 마음의 문은 더 이상 열릴 수도 없다고.

……어휴, 닭살이야.

닭살을 털어 내기 위해 나는 랑이의 양쪽 볼을 손가락으로 꾸욱 누르며 말했다.

"너도 그러면서."

내가 자고 있는 모습을 랑이도 곧잘 지켜보곤 하니까. 보통은 그럴 일이 없지만, 낮잠을 너무 많이 자면 나보다 먼저 깨는 경우도 종종 있거든.

잠꾸러기 랑이가 내 손가락을 잡아서 아래로 내렸다.

"나는 그래도 괜찮으니라!"

……이럴 때보면 진짜 어린애 같다니까.

어린애 맞지만.

"그래, 그래."

나는 헝클어져 있는 랑이의 머리카락을 더욱 더 헝클어 주었다.

"으냐아아아~"

그게 싫은 건지 좋은 건지 잘 모르겠지만, 아마 좋은 거겠지.

그렇게 생각하자.

지금부터 해야 하는 이야기는 그다지 좋은 게 아니니까.

"응? 내가 잠들어 있던 사이에 무슨 일이 있었느냐?"

그걸 또 랑이가 살짝 굳어진 내 표정을 보고 눈치챈 것 같다.

"그래."

랑이가 침대 위에서 샤샤 하고 무릎을 모으고 앉아 나를 올려다보며 말했다.

"들려주거라."

"응."

나는 랑이가 잠들어 있던 동안 염라와 있었던 일을 간략하게 전했다.

그리고 랑이는 머리카락으로 느낌표를 만들었다.

"왜 나를 안 깨워 준 것이느냐?"

그야 네가 너무 단잠을 자고 있어서 그랬지.

"내가 함께였다면 염라가 우리 부탁을 좀 더 쉽게 들어주게 할 방법을 알려 줬을 텐데!"

알다시피 나는 표정을 숨기지 못하는 편이다.

"아아아앗!!"

내 표정에 드러난 의문과 의심을 보고 랑이가 손가락으로 나를 가리키며 목소리를 높였다.

"지금, 네가 어떻게? 같은 생각을 하고 있지 말이니라!"

나는 랑이의 손을 잡아 손가락을 쫙 편 뒤, 다른 한 손도 잡아 손바닥을 펴게 만들고서 박수를 치게 했다.

"와아~ 정답이에요."

"와아~ 정답이었느니라…… 가 아니니라! 지금은 진지해야 할 때가 아니겠느냐?"

조금만 더 놀리면 삐치겠군.

그래 봤자 내가 끌어안고 머리를 쓰다듬어 주거나, 꼬리를 만지작거리거나, 옷 속에 손을 넣어서 배나 옆구리를 간질이면 금방 풀릴 테지만…….

랑이에게 장난치는 취미는 몰라도 삐치게 만드는 취미는 없다.

"그래서 네가 생각한 좋은 방법이라는 건 뭔데?"

내 말에 랑이가 허리를 쭈욱 펴고 그 앙증맞은 가슴에 주먹을 대며 엣헴, 헛기침소리를 냈다.

"잘 들어 보거라!"

랑이가 말했다.

"너도 알다시피, 나는 이 세상의 모든 요괴들 중에서 요력이 가장 강하느니라!"

뜬금없는 자기 자랑을.

평소라면 어, 하고 대답을 했겠지만 자신을 칭찬해 달라고 온몸으로 말하고 있는 랑이에게 그런 반응은 조금 너무하겠지.

"어, 응, 그래, 그렇구나."

그래서 나름대로 신경을 쓴 대답을 해 줬다.

"……그게 끝이느냐?"

나는 고개를 끄덕였다.

만약 랑이가 나를 보고 있었다면 내 입꼬리가 살짝 올라가 있는 걸 눈치챘겠지만, 안타깝게도 그런 일은 없었다.

"우우……."

새우등이 되어서는 아래를 내려다보며 손가락으로 이불을 콕콕 찌르고 있거든.

……웃음을 참는 게 이렇게 힘든 일이었나.

그러니 놀리는 건 이 정도로 하자.

여기서 참지 못하고 웃음을 터트렸다간 랑이의 귀여운 호랑이 펀치에 맞을 것 같으니까.

"뭘 그런 걸 자랑하고 그래?"

슬쩍 운을 떼자 랑이가 고개를 들었다.

"넌 힘이 강한 것 말고도 자랑할 만한 게 많이 있으면서."

랑이의 귀가 쫑긋 서는 것과 함께 눈동자에 생기가 돌아왔다.

"어떤 것 말이느냐?"

"……."

"……왜 아무 말이 없느냐."

랑이가 뿌루퉁해지기 3초 전이군.

하지만 나도 할 말이 있다.

분명 떠오르는 랑이의 장점은 많이 있거든?

귀엽다거나, 예쁘다거나, 성격이 착하다거나, 감정에 따라 움직이는 귀나 꼬리가 재미있다거나, 목소리가 예쁘다거나, 몸에서 좋은 냄새가 난다거나, 따듯하다거나, 엉덩이가 토실토실해서 만지면 기분 좋다거나, 아기 피부 같아서 어디를 만져도 뽀송뽀송하다거나, 배에 손을 대고 있으면 들락날락하는 게 재미있다거나, 등등.

하지만 이걸 다 말하려고 하니까…….

그, 뭐시냐.

사춘기 소년의 감수성이라는 녀석이 허락을 안 해 준다. 내가 할 때는 하는 놈이라고 생각하지만, 그건 돌려 말하면 안 할 때는 정말 안 되는 놈이라는 뜻이거든.

그래서 나는 손가락으로 스스로를 가리키며 장난스럽게 말했다.

"내가 네 지아비가 될 사람이라는 점?"

……장난으로 넘어갈 생각이었지만, 어째 여우를 피하려다 호랑이를 만난 것 같은 기분이군.

무엇보다 주위에 딴죽을 걸어 줄 사람이 아무도 없다는 게 슬프다.

개똥도 약에 쓸려면 없다고, 세희가 없다는 게 이렇게 클 줄은 생각도 못했는데.

아무라도 상관없으니 지금 당장 나를 차가운 눈으로 내려다보면서 '우와…….' 같은 소리를 해 줬으면 좋겠다.

"우와!!"

그리고 랑이는 정반대의 반응을 보여 줬다.

"역시 성훈이니라!"

"으, 응?"

랑이가 동경하는 아이돌을 만난 팬처럼 두 눈을 반짝반짝 빛내며 두 손으로 내 손을 꼬옥 맞잡고서 말했다.

"성훈이 말대로 네가 내 지아비라는 것이 내 가장 큰 자랑거리였느니라!"

……이런 걸 자승자박이라고 하지.

"그, 그러냐?"

"응!"

나는 순수함과 애정으로 가득 찬 랑이의 눈동자를 바라볼 수 없어 고개를 돌려 먼 산을 바라보았다.

이제 와서 농담이라고 해 봤자 소용없겠지.

"그, 그건 그렇고."

이럴 때는 역시 말 돌리는 게 최고죠.

"네가 힘이 센 거하고 염라대왕이 우리 부탁을 들어주는 거하고 무슨 상관이 있는 거야?"

"……응?"

랑이가 눈을 깜빡깜빡거리며 갑자기 무슨 소리를 하느냐고 시선으로 묻는다.

하지만 그것도 잠시.

"아, 맞다. 염라에 대한 이야기를 하고 있었지 말이니라."

시작하자마자 옆길로 새 버렸지만 말이야.

"그래. 지금은 그쪽도 중요한 일이니까."

고개를 끄덕인 랑이가 진지한 표정으로 말했다.

"잘 들어 보거라, 성훈아. 너도 알다시피 옛날의 나는 내가 가진 강한 힘 때문에 몇몇의 아해들을 빼고는 모두에게 두려움의 대상이었느니라."

내 입장에서는 이 귀엽고 사랑스러운 아이가 공포의 대상이었다는 사실이 도저히 믿을 수 없지만 말이지.

……이상, 호랑이 굴에서 줄행랑을 친 놈의 말이었습니다.

살짝 추억에 빠져 있는 내게 랑이가 말했다.

"그런 경험이 있기에 나는 알 수 있느니라. 염라 또한 옛날의 나처럼 외로워하고 있을 것이라는 사실을."

염라의 술주정을 통해, 어느 정도 짐작할 수 있었던 일을.

스킨십을 좋아하거나, 묻지도 않았는데 자신의 이야기를 하는 건 외로움을 많이 탄 사람들의 공통점이거든.

……내 경험담이다.

어쨌든 랑이 또한 나와 같은 생각을 했다는 게 중요하지. 내 이야기를 들은 것만으로 말이야.

"염라가 외로워한다고?"

그럼에도 모르는 척 대답을 한 것은, 랑이가 왜 그런 판단을 내렸는지 자세히 듣고 싶었기 때문이다.

"응! 염라가 네게 보인 모습을 보니 확실하느니라!"

본 적은 없고 듣기만 했던 랑이가 힘차게 고개를 끄덕인 뒤, 진지한 표정으로 말했다.

"기억하느냐, 성훈아? 내가 왜 너를 처음 만났을 때 호감을 가졌는지?”

질문에 대한 답을 생각하기에 앞서.

나는 두 가지 사실을 깨달을 수 있었다.

첫 번째로 옛날의 랑이였다면 호감이라는 말 대신, 사랑에 빠졌다고 이야기했을 거라는 사실을.

랑이도 이제는 알고 있는 거다.

그 둘의 차이를.

나는 랑이의 정신적인 성장에 남모를 뿌듯함을 느꼈다.

두 번째는, 랑이가 생각한 좋은 방법에 대해.

랑이가 자신의 경험을 예시로 삼았으니, 그 방법도 얼추 짐작할 수 있었다. 그렇다고 내가 모두 앞서 말해 버리는 건, 랑이의 교육상 좋지 않겠지.

……뭔가, 세희가 나를 대할 때와 비슷한 것 같아서 기분이 나쁘긴 하지만.

나는 랑이에게 말했다.

“내가 널 무서워하지 않아서?”

물론, 아기 때라 기억은 없지만.

랑이가 고개를 끄덕였다.

“그러하느니라.”

랑이가 말을 이었다.

“그리고 염라에게 있어 자신을 두려워하지 않고 편히 대해 준 너는, 정말 예쁜 영성을 가진 성훈이는 내가 그러했듯이 호감을 품기 충분한 이였을 것이니라.”

흐음?

바로 반박할 수 있는 이야기가 떠올랐지만, 그보다 호기심이 앞섰다.

랑이는 왜 그렇게 생각한 거지?

"내 영성에 대한 건 그렇다 치고. 내가 편히 대해 줬다고 호감을 가졌다는 건, 염라가 너처럼 두려움의 대상이었을 때나 통용되는, 아니, 맞는 말이잖아? 그렇게 생각한 이유라도 있어?"

랑이가 고개를 끄덕였다.

"염라가 한 말은 둘째 치더라도, 너도 우두마면과 마두마면이 염라를 대하는 것을 보았지 않느냐?"

아, 그거였냐.

"잘은 모르겠지만 그 둘은 내 입장에서는 세희와 같은 이들이었을 것이니라. 요괴의 왕인 너와 그 지어미인 나를 마중 나올 자를 아무나 보내지는 않을 거 아니느냐?"

오! 랑이가 생각을 하고 있어!

……기특해서 하는 농담이다.

그래서 나는 고개를 끄덕였고, 랑이는 자신감을 가지고서 말을 이었다.

"그런데 그 둘이 염라를 무서워하고 어려워하는 것을 나는 보았느니라. 염라 또한 자기 입으로 너한테 그렇다고 말했다 하지 않았느냐? 그렇다면 분명 다른 이들도 그 둘처럼 염라를 두려워하고 있을 것이니라."

일리가 있는 주장이다.

염라에 대해 잘 알고 있다거나, 우리를 마중 나온 점. 그리고 내성 앞에서의 병사들이 그 둘을 대하는 태도 같은 걸 생각하면 우마와 마마가 염라의 최측근일 확률이 높다.

그럼에도 염라를 대하는 우마와 마마의 태도에는 존경심보다는 공포 쪽이 두드러졌지. 그렇다면 다른 이들도 마찬가지라 생각하는 건 이상치 않다.

하지만 말했듯이, 랑이의 주장에는 한 가지 허점이 있다.

나는 손을 들고서 그 점을 언급했다.

"그런 것치고는 재판을 기다리는 사람들은 염라를 무서워하는 것 같지는 않던데."

성문 앞에서 시위를 하면서 소리도 지르고 말이야.

"네 주장대로 염라가 두려움의 대상이라면 그들의 태도는 이상하지 않을까?"

내 말에 랑이가 윽, 하고 신음을 흘린 뒤 말을 이었다.

"……그, 그건 그거이니라."

눈동자 굴러가는 소리는 데구르르입니다.

곧 멈췄지만.

"그들은 하룻강아지이지 않느냐? 그러니까 범을 무서워하지 않는 것이니라!"

랑이의 말에 세현이 처음 본 회장에게 겁도 없이 대들던 모습이 떠올랐다.

설득력이…… 있어!

한 가지 문제가 남아 있지만.

"하지만 그렇기 때문에 그들이 염라의 외로움을 달래 주었을 가능성도 있잖아?"

세현과 회장이 서로를 좋아하게 된 것처럼 말이야.

"그렇게 되면 염라가 두려움의 대상이었기 때문에 내게 호감을 가졌을 거라는 가정은……."

랑이가 고개를 저었다.

"그럴 리가 없느니라."

"왜 그렇게 생각하는데?"

랑이가 단언했다.

"하룻강아지 따위가 범의 벗이 될 수 없으니까 그러하느니라."

바둑아아아아아~!

갑자기 창밖으로 바둑이의 이름을 외치고 싶어졌다.

뭐, 바둑이는 하룻강아지가 아니지만.

그렇게 딴 생각에 잠깐 잠긴 내게 랑이가 말했다.

"염라는 분명 그들을 친하게 지낼 수 있는 상대라고도 생각하지 못했을 것이니라. 무엇보다 그들이 지은 죄를 벌하는 것이 염라가 하는 일이 아니느냐? 그런 이들 중에서 친구가 생기면, 그, 음……."

단어가 생각이 안 나서 머리를 감싸 안는 랑이에게 동아줄을 내려 주자.

"공평?"

"아! 그러하느니라! 그건 공평하지 못한 일이 되지 않느냐?"

나는 고개를 끄덕였다.

랑이가 기세등등해서 말했다.

"그런데 그런 관심도 없는 이들만 자신을 편히 대하고, 정작 편히 대해 줬으면 하는 이들은 자신을 어려워하는 게 더욱더 염라를 외롭게 만들었을 것이니라. 그런데 멋진 성훈이가 짜잔! 하고 나타났으니 네게 호감을 가질 수밖에 없지 않겠느냐?"

멋지다는 것을 빼면, 랑이의 주장은 일리가 있었다.

이럴 때 쓰는 말인지는 모르겠지만, 풍요 속의 빈곤이라는 말도 있잖아.

랑이의 주장과 그 근거를 들어 보니 꽤나 타당하게 들린다.

……외로울 때는 옆에서 말만 걸어 줘도 호감을 가지게 될 때가 있으니까.

내가 그럴 만한 사람인가에 대한 부분은 넘어가자.

참고로 출처는 나다.

"그래. 그럴 수도 있겠다."

그렇게 결론을 짓자, 머릿속에서 갑자기 또 다른 의문이 생겨났다.

물어봐야겠군.

"그런데 랑이야."

"응?"

"세희가 너를 어려워한 적이 있었어?"

랑이가 머리카락으로 물음표를 만들며 내게 말했다.

"그런 적은 없었는데, 갑자기 왜 그러느냐?"

왜 그러냐고?

네가 너무 염라의 심리를 잘 파악하고 있는 것 같아서.

랑이야. 너, 그렇게 머리가 좋았니?

……라고 묻고 싶었지만 아무리 서로 사랑하는 사이라도 가려야 할 말은 있기에, 나는 살짝 돌려서 말했다.

"아니, 너무 확신을 가지고 말해서."

랑이가 고개를 돌려 내 시선을 피하며 말했다.

"세, 세희를 위해 열심히 생각을 해 본 것이니라."

이상한데.

나는 랑이와 눈을 맞췄고, 호박색 눈동자가 내 시선을 피해 위로 향했다.

"그게 다야?"

"그, 그렇느니라?"

목소리와 함께 꼬리가 불안하게 흔들린다.

"정말?"

다시 눈을 맞추자 랑이의 고개가 반대쪽으로 향했다.

"……아마도?"

나는 아무 말 없이 손가락으로 내 무릎을 톡톡 두드렸다.

그렇게 30번 정도를 두드렸을 때, 결국 못 버틴 랑이가 힘없는 목소리로 말했다.

"사, 사실 말 못할 이유가 있느니라."

나는 랑이의 얼굴을 두 손으로 조심히 잡아 내 쪽으로 돌리며 말했다.

"그 이유가 뭔데?"

데구르르.

"말 못할 이유라 했느니라."

조금 치사하게 굴어 볼까.

나는 짐짓 상처받은 표정을 지으며 랑이에게 말했다.

"랑이는 나한테 못할 말이 있었어?"

"그, 그런 건 없느니라!"

"그러면 말해 주면 되겠네."

"……그렇게 알고 싶으냐?"

"응."

너에 대한 모든 걸 알고 싶으니까 말이다.

"으으으……."

입꼬리가 추욱 내려간 채 열심히 잠긴 랑이는, 결국 고양이가 네 발로 기어가는 목소리로 말했다.

"……나를 무서워하는 아해들을 계속해서 봐 오면, 말도 안 되는 상상을 많이 하게 되는 법이니라."

다른 사람이라면 이해하기 힘들었겠지만, 비슷한 경험이 있는 나는 듣는 순간 알 수 있었다.

나래가 내게 호감을 가지고 있다는 사실을 몰랐을 때.

나는 어떻게 하면 나래와 사귈 수 있을지에 대한 생각을 시도 때도 없이 했다. 그러다 보면 점점 상상의 나래를 펼쳐서 내가 처한 현실과는 다른 상황까지 망상하게 되는 경우도 있었다.

한 가지 정말 어이없는 예를 들면.

사실 내가 나래와 피가 이어져 있을 경우 나는 어떻게 해야 할 것인가, 에 대한 대처 방법도 생각해 본 적도 있다.

……어이없지?

하지만 사람의 사고에는 한계가 없는 법이다.

즉, 세희를 만나기 전까지 외롭게 지낸 랑이 역시 나처럼 머릿속으로 이런 저런 일을 생각해 봤던 이야기다.

자신이 처한 현실과 다른 상황을 상정하면서까지 말이야. 분명 처음에는 자신이 그럭저럭 힘이 강한 요괴일 경우부터 시작했겠지.

그리고 점점 가정이 가정을 낳고, 꼬리가 꼬리를 물다가 원본조차 남아 있지 않는 상상의 나래로…….

아, 갑자기 눈물이 나오려고 하네.

"이, 이젠 상관없는 일이니까 넘어가자꾸나!"

이런, 랑이를 너무 측은하게 바라봤나 보다.

나는 흘러내리지 않는 눈물을 닦아 내며 말했다.

"그래. 응. 이젠 괜찮아, 랑이야. 내가 있잖아. 난 언제나 네 곁에 있을 거야."

"으냐앗! 이래서 말하기 싫었던 것이니라!"

나는 손바닥으로 침대를 팡팡 치는 랑이를 꼬옥 안아 주려다가, 너무 장난같이 보일 것 같아서 그만두었다.

"그러니까 안아 주어라! 빨리!"

……랑이의 요청에 안아 주기로 했지만.

내게 등을 돌린 채 한동안 머리를 쓰다듬는 손길을 느끼던 랑이가 그제야 만족했는지 입을 열었다.

"이제 알겠느냐?"

네 머리카락이 은실 같고, 네 체온이 겨울날의 손난로 같다는 건 잘 알겠다.

지금은 그런 말을 할 때가 아니라서 넘어가겠지만.

"염라가 외롭다는 거?"

랑이가 고개를 끄덕인 뒤 말했다.

"그런 염라의 앞에 누구라도 홀딱 반할 수밖에 없는 네가 나타난 것도 말이니라."

뭐라고 반응해야 할지 모르겠군.

호감을 가지는 것과 반한다는 건 다른 의미니까.

내가 머쓱하게 먼 곳만 보고 있자, 랑이가 고개를 들어 나를 올려다보며 말했다.

"왜 아무 말도 하지 않느냐?"

무슨 말을 해도 내게 좋을 게 없으니까.

네 말을 긍정하면 넌 스스로 자신이 콩깍지가 꼈다는 사실을 증명할 테고, 반대의 경우에도 그러할 테니까.

이럴 때는 침묵이 답이다.

그런 나를 불만 섞인 눈으로 올려다보던 랑이가 몸을 옆으로 틀어 내 위에 가로앉아 말했다.

"성훈이는 좀 더 스스로에게 자신을 가져도 되느니라."

"이미 충분한 것 같은데."

여기서 더 자신을 가지면 성훈 왕자님 탄생이라고. 고개를 젓는 걸 보니까, 랑이는 백호 탄 왕자님을 보고 싶은 것 같지만.

"아니니라. 성훈이는 자신의 가장 큰 장점을 모르고 있느니라."

나도 사람인지라 좀 궁금해졌다.

"그게 뭔데?"

랑이가 말했다.

"그 어떤 선입견도 없이 누구에게나 마음을 열어 놓고 있다는 점이니라."

나는 과도하게 인상을 찌푸리는 것으로 답했고, 랑이는 손을 들어 내 얼굴을 문질렀다.

"이럴 때는 장난치는 게 아니니라."

나도 장난이 아니다.

그렇게 말하고 싶었지만 랑이의 자그마한 손에 유린당하고 있는 상황에서는 할 수 없는 일이군.

"나는 진심으로 한 말이니라."

랑이가 손을 내렸기에 나도 할 말을 할 수 있었다.

"그래. 알아."

그러니까 그렇지.

어떻게 그런 낯부끄러운 소리를 진지하게 할 수 있는 건지 모르겠다.

지금처럼.

"나를 만났을 때도, 검둥이를 만났을 때도, 세희를 만났을 때도, 바둑이를 만났을 때도, 치이를 만났을 때도, 페이를 만났을 때도, 아야를 만났을 때도, 성의를 만났을 때도, 성린을 만났을 때도, 에레나를 만났을 때도, 성훈이는 언제나 상대의 말과 행동을 직접 듣고 보고 나서야 어떻게 받아들일지 직접 판단하였느니라."

"그건 당연한 거잖아."

하지만 랑이는 고개를 흔들었다.

"그건 **절대로** 당연한 게 아니니라."

랑이의 강한 부정에 살짝 할 말을 잃고 말았다.

그런 나를 진지하게 바라보던 랑이는, 언제 그랬냐는 듯 내 어깨에 머리를 기대며 겨울의 눈이 녹아 내릴 것 같은 따스한 목소리로 말했다.

"그걸 당연하다고 말할 수 있는 것이, 성훈이가 내 가장 큰 자랑거리라는 말이 되지만 말이니라."

……그러니까 그렇게 갑자기 치고 들어오지 말라니까. 어떻게 반응해야 할지 모르겠잖아.

그래서 나는 평범하게 랑이의 배에 두 손을 두르는 것으로 답했다.

랑이가 말했다.

"성훈아."

"응?"

"너는 염라를 처음 보고 무슨 생각이 들었느냐?"

나는 사실대로 말했다.

"……애늙은이."

그 다음에는 주정뱅이에서 세희만큼 속을 알 수 없는 위험한 녀석으로 변했지만.

"우두마면과 마두마면이 염라를 대하는 태도를 보고서도 그러했느냐?"

"응."

"보거라. 성훈이는 내가 누구라도 홀딱 반할 수밖에 없다고 말할 만한 사내가 아니느냐?"

기쁜 음색으로 말하는 랑이와 달리 나는 가능만 하다면 머리카락으로 물음표를 만들고 싶었다.

……왜 이야기가 그렇게 되는지 모르겠다고.

"그런 너이기에 염라가 우리가 바라는 일을 거절하기 힘들어지게 만드는 방법이 있는 것이니라."

하지만 이렇게 돌고 돌아서 본래의 화제가 나왔으니까 나쁠 건 없지.

이미, 답은 알고 있지만.

"그게 뭔데?"

"그건 바로!"

랑이가 자신만만하게 말했다.

"성훈이의 미남계이니라!"

뭐?

지금 내가 잘못 들었나?

지금 랑이가 미남계, 그러니까 미인계를 쓰라고 한 거 맞아?

사람의 마음을 가지고 노는 미인계말이야.

그럴 리가 없는데? 그 누구도 아닌 랑이가 그런 말을 할 리가 없잖아?

그렇다는 건…….

하지만 내가 답을 내기 전에 랑이가 기세등등하게 말을 잇는 게 먼저였다.

"**네가 염라와 친해지면** 세희와 만나게 해 주는 것도 모자라 이승으로 돌아가게 해 줄 것이 분명하느니라!"

……그래, 그럴 줄 알았다.

랑이가 사람의 마음을 가지고 장난치는 일을 내게 권할 리 없으니까.

그럼에도 나는 한 치의 의심도 없는 눈으로 대답을 기다리는 랑이의 이마에 손가락을 튕기지 않을 수 없었다.

죄와 벌이다, 이 놈아.

"아얏?!"

그런 사정을 모르는 랑이가 두 손으로 이마를 감추며 깜찍한 신음을 흘리고서는 살짝 원망 섞인 눈으로 나를 보며 말했다.

"왜 때리느냐? 분명……."

"일단."

다 들어줄 생각은 없지만.

"그럴 때는 그냥 미인계라고 말해도 돼. 미인이라는 말 안에 미남, 미녀라는 의미가 포함돼 있으니까."

랑이가 고개를 끄덕였다.

……나중에 집에 돌아가면 정말 그런지 나래에게 물어봐야겠다. 지금은 랑이에게 미인계에 대해 제대로 알려 주는 게 먼저지만.

“그리고 미인계는 보통 좋은 의미로 쓰이는 말이 아니야.”

꼬리가 축 처지고 슬금슬금 내 표정을 살피는 걸 보니까 랑이도 눈치챘나 보다.

“그, 그러하느냐?”

역시 몰랐구나.

하긴, 그 누구도 아닌 랑이니까 말이야.

랑이는 자기가 설명했듯이 내가 염라와 친해지면 세희와 만나게 해 주고 같이 이승으로 돌아가게 해 줄 거라고만 생각했겠지.

그럼에도 미남계라는 말을 쓴 건, 그런 거 있잖아. 애들이 제대로 된 의미도 모르는 말을 어른들이 쓰니까 따라 쓰는 경우.

……그 어른의 이름은 아마도 세희일 거다.

“잘 들어, 랑이야.”

하지만 자신이 잘못 알려 준 단어의 뜻을 정정해 줄 세희가 이곳에 없으니 내가 대신 설명을 할 수밖에.

“미인계라는 건 상대방의 마음을 농락…… 그러니까 자신을 사랑하는 사람의 마음을 자기 편한 대로 이용하는 걸 말하는 거야. 그 사람을 좋아하지도, 사랑하지도 않으면서 마치 그런 것처럼 연기를 하면서 말이야."

새하얀 랑이 석상이 1:1 사이즈로 하나 생겨 버렸네.

"그래서 그런 말을 하면 안 된다는 의미로, 꿀밤을 때린 거고."

화풀이의 의미도 있지만 넘어갑시다.

"이제 알겠어?"

"나, 나는 그런 뜻으로 말한 게 아니었느니라."

나는 자신의 결백을 주장하는 랑이의 부풀어 오른 꼬리털을 가라앉히며 말했다.

"나도 알아."

다시 말하지만, 그 누구도 아닌 랑이니까 말이지.

"그러니까 꿀밤으로 끝난 거고."

안 그랬으면 호되게 꾸짖었겠지.

"그래도 말을 할 때는 그 말이 원래 어떤 의미를 가지고 있는지 잘 생각하고 말해야 해. 듣는 사람이 오해를 할 경우가 생기니까 말이야. 알겠지?"

오늘 몇 번째인지도 모르겠지만, 이건 정말 내가 할 말이 아니네.

하지만 어쩌겠어? 지금 랑이 옆에 이런 조언을 해 줄 사람이 나밖에 없는데.

이럴 때는 나래의 빈자리가 느껴진다. 나래라면 내가 눈빛을 주기 전에 먼저 나 대신 랑이에게 이런 말을 해 줬을 텐데.

"응. 알겠느니라."

그럼에도 랑이는 고개를 끄덕여 줬다.

"내가 괜한 말을 해서 미안하였느니라, 성훈아."

나는 꾸벅 고개를 숙인 랑이에게 말했다.

"아, 그건 아니야."

"……응?"

랑이가 의아해하는 건, 내 입가에 짓궂은 미소가 걸려 있기 때문일 거다.

나는 말했다.

"어찌됐건 내 생각도 너하고 같으니까."

"으냐앗?!"

랑이는 얼마나 놀랐는지 겨우 가라앉힌 꼬리털뿐만 아니라 머리카락도 곤두서 버렸다.

나는 랑이의 머리카락을 눌러 주며 말했다.

"뭐, 미인계를 쓸 생각은 없지만 염라하고 한 거래를 계기로 친해질 생각이다."

내가 염라와 친해진다면, 세희를 구하는데 좋은 일이 있을지는 몰라도 나쁜 일은 없을 테니까.

거기다, 왜.

혹시 모르잖아.

내가 포기했던 두 번째 조건을, 친구의 부탁을 거절한다는 부담감 때문에 어쩔 수 없이 들어줄 수도 있고 말이야.

그건 세희의 재판과는 직접적인 관계도 없으니까 충분히 가능성이 있다.

안 그래?

그렇게 내 생각을 알려 주자.

"……나는 가끔 성훈이가 악당처럼 보일 때가 있느니라."

랑이는 볼을 부풀리며 불만 섞인 시선을 보내왔지만 말이다.

이승의 세 번째 이야기

[재미있는 이야기를 하는구나.]

휴대폰 너머로 들려오는 성인 여성의 목소리에는 순수한 즐거움이 가득 녹아 있었다.

"……제 입장에서는 그렇게 즐거운 이야기가 아니지만요."

나래가 살짝 아랫입술을 깨문 것도 그런 이유일 것이다.

그렇다고 상대가 그런 걸 알아줄 리가 없지만.

[그런 식으로 일이 자기 마음대로 안 풀릴 때마다 입술을 깨물면 좋지 않단다. 네가 사랑하는 요괴의 왕과 입맞춤을 나눌 때 입술이 상해 있다면 안 되잖니?]

……대요괴 중의 대요괴는 다른 걸까.

아니면 한 번 나래에게 신내림을 한 경험이 있기 때문일까.

웅녀의 정확한 지적에 나래는 얼굴을 붉히며 살짝 목소리를 높였다.

"어, 언제 키스해도 괜찮게 신경 쓰고 있으니까 걱정 안 하셔도 되요!"

[그래, 그래.]

휴대폰 너머의 웅녀의 목소리는 훌쩍 큰 친딸을 향한 것처럼 흐뭇함이 가득 넘쳤다.

[그래서 요괴의 왕과 어디까지 갔니?]

나래는 갑자기 휴대폰을 내려놓고 먼 산을 바라보고 싶어졌다.

그럴 수 없다는 게 참 슬프지만.

"지금 그런 게 중요하지……."

[어머나? 남녀가 사랑을 확인하는 것만큼 세상에 중요한 게 어디 있니?]

저도 그렇게 생각하지만요!

그 사랑을 확인할 성훈이가 지금 저승에 가 있단 말이에요! 그러니까 제 연애사에 관심 가지지 마시고 대답이나 해 주세요!

그렇게 외치지 못하는 건, 상대가 환웅의 아내이자 대요괴 중에 대요괴라 불리는 존재. 지금까지도 달콤한 신혼 생활을 즐기고 있는 웅녀이기 때문이다.

아, 달콤한 신혼 생활이라고 칭한 건 웅녀 본인이다.

[너도 잘 기억해 두렴. 사랑하는 이를 위해서는 세계 정도는 멸망시켜도 되는 거란다.]

하지만 이런 이야기를 듣고서도 가만히 예, 예, 하고 넘어갈 수는 없었다.

"그건 좀 아닌 것 같은데요, 웅녀 님."

[그렇게 생각하니?]

"예."

휴대폰 너머로 깊은 한숨 소리가 들려왔다.

[딱하게도…….]

나래는 오른 주먹을 불끈 쥐었다.

지금 어디에 제가 딱하다는 소리를 들을 부분이 있는데요?!

[아직 사랑하는 이와 정을 나누는 기쁨을 모르니 그런 말을 하는 구나. 이해한단다.]

나래는 어디선가 자신의 KO 패를 알리는 소리가 들려온 듯했다.

하지만 나래가 누구인가.

유치원 때부터 좋아해 왔던 남자아이가 갑자기 나타난 너무나 어린 여자애한테 홀딱 반했을 때도! 부끄러움도 모르고 벌건 대낮에 양다리를 걸치겠다고 선언했을 때도! TV에서 그 여자애와 그렇고 그런 일을 할 거라고 외쳤을 때도!

굳세게 버틴 역전의 용사가 아닌가!

……한 번 넘어졌던 때도 있었지만, 그것은 중요하지 않다!

나래는 이를 악물고 자신이 원하는 화제로 이야기를 돌렸다.

"그러면 그 기쁨을 알기 위해서라도 제 부탁을 들어주실 생각은 없으신가요?"

[어머나, 얘는?]

저 너머에서 쿡쿡, 즐거운 웃음소리가 들려왔지만 나래는 긴장을 풀지 않았다.

[겁도 없이 말꼬리를 잡네?]

그 덕분에 삽시간에 낮아진 웅녀의 음색에도 당황하지 않을 수 있었다.

“겁이 사라질 만하죠. 제가 사랑하는 사람을 위해서니까요.”

[그래서 선택한 게 뒷바라지니?]

“……그렇게 말씀하셔도 할 말은 없네요.”

실제로 그러하니까.

[하지만 나래야. 곰의 일족은 내 사랑하는 핏줄이란다.]

나래는 하고 싶은 말이 있었으나 입에 담지 않았다.

[너희들이 보기에는 그렇게 느껴지지 않겠지만 말이지.]

나래는 다시 한 번 참았다.

그렇다고 웅녀의 말을 이해 못하는 건 아니었다.

곰의 일족의 수장이 된 후, 나래는 곰의 일족에 대해 배우고, 또한 스스로 조사를 하며 알게 된 사실이 있었으니까.

그 중 한 가지를 이야기하자면.

정미 언니처럼 곰의 일족의 의무에서 벗어난 이들에 한해 웅녀가 여러모로 신경을 써 주고 있다.

예를 들면, 평생을 놀고먹으며 살 수 있을 만큼의 물질적 지원을 해 준다든가 이상형의 멋진 남자와의 소개팅을 주선한다거나 하는 식으로.

그렇다 한들 사람의 자유의사를 빼앗는 짓을 정당화할 수는 없겠지만.

[어머, 왜 말이 없니?]

웅녀의 추궁에 나래는 결국 입을 열었다.

"저도 알고 있는 사실이니까요."

[그러면 내 선택을 이해해 줄 거라고 생각한단다.]

나래는 아랫입술을 깨물었다.

찢어진 입술에서 흘러나온 피가 입안에 스며들 때.

[하지만.]

웅녀가 말했다.

[나는 더 이상 곰의 일족의 개개인의 의사에 반대할 생각은 없단다.]

승낙이나 다름없는 그 말에 나래는 주먹을 움켜쥐었다.

"감사해요, 웅녀 님."

[자신이 있는 것 같구나?]

"……그렇지는 않지만요."

하지만 웅녀가 은연 중 허락했다는 사실이 중요하다. 웅녀가 반대했다면, 시도도 하지 못할 일이었으니까.

그렇다 한들 지금부터가 정말로 힘들 거라는 것은 사실이지만.

나래가 다른 곰의 일족들에게 부탁하려고 하는 일은 그런 일인 것이다.

[정말 그렇게 생각하니?]

하지만 웅녀는 그렇게 말했다.

"예? 그게 무슨 말씀……."

[어머나. 내 정신 좀 봐.]

나래의 말을 끊은 웅녀가 부산스럽게 움직이는 소리가 휴대폰 너머로 들려왔다.

"왜 그러세요?"

[벌써 낭군님께서 돌아오실 시간이네. 아직 집안일도 다 못 했는데. 이만 끊을게.]

"잠깐만요, 웅녀 님. 조금 전에 하신 말씀이 무슨 뜻……."

[나중에 또 전화해 주렴.]

"웅녀 님?!"

외침의 대답은 통화 단절음이었다.

휴대폰을 내려놓은 나래는 크게 한숨을 쉬었다.

"……그렇게 생각하냐니."

당연히 그렇게 생각한다.

자신이 곰의 일족에게 부탁하려는 일은 죽음을 각오해야 하는 일일지도 모르니까. 애초에 반쯤 정신 나간, 평소의 나래라면 염두조차 하지 않을 과격한 계획이다.

이런 정신 나간 계획에 동조해 줄 사람이 어디 있겠어?

그렇게 생각한 나래이기에, 웅녀의 속뜻을 알게 되는 것은 조금 시간이 걸린 후였다.

저승의 네 번째 이야기

문제. 염라와 친해지려면 어떻게 해야 할까요?

정답은 '아무것도 하지 않는다.'이다.

왜, 염라도 말했잖아.

너무 과한 욕심을 부리면 좋지 않다고.

세희에 대한 이야기를 꺼낸 내가, 다시금 염라를 찾아가면 분명 경계를 살 거다.

그러니 염라가 나를 찾을 때를 기다린다.

……문제는 내 발로 걸어가야 할 때지만, 어제 랑이가 한 눈물겨운 주장을 생각해 보면 그럴 일은 없겠지.

그래서 나는 아무것도 하지 않았다.

마마가 가져다 준 아침을 먹은 뒤에도 랑이와 침대 위에서 뒹굴거리며 앞으로의 일에 대한 이야기를 나누었다.

그러다가 졸리면 잠깐 눈을 붙이고, 깨어나서는 이야기를 나누다가 결국 다시 뒹굴며, 랑이와 둘만의 시간을 즐겼다.

랑이는 세희에 대한 걱정 때문에 "……이래도 되는 것이느냐?"라고 묻긴 했지만 내 대답은 "괜찮아, 문제없다."였지.

계획은 세워 놨으니까.

염라를 만나게 되면 의식의 흐름대로 이야기를 나누다가, 기회를 봐서 단도직입적으로 친하게 지내고 싶다는 이야기를 할 생각이다.

그런 게 나답지 않겠어? 그 다음 일은 염라가 어떤 반응을 보이느냐에 따라 달라지겠지.

거기다 세희를 어떻게 구할 것인지에 대한 생각은 가닥이 잡혀 있다. 남은 건 현장에서의 임기응변에 달렸지.

힘내라, 미래의 나! 너는 할 수 있을 거다!

아니, 해야만 한다! 나는 너를 믿는다!

현재의 나는 느긋이 시간이 흐르는 것을 기다릴 테니!

그렇게 랑이와 뒹굴뒹굴거리고, 낮잠을 자고, 수다를 떨다 보니까.

"……심심하느니라."

"……그러네."

심심해졌다.

이리 뒹굴 저리 뒹굴, 살짝 졸았다가 서로의 얼굴을 보며 헤헤 웃고, 애정 표현을 하다가 다시 이리 뒹굴 저리 뒹굴 하다 보니 어느덧 심심해지고 만 것이다.

……세희의 재판이 언제 열리는지는 모르겠지만, 그때까지 이렇게 지내야 한다는 건 아니겠지?

"성훈아."

"응?"

"방 안에만 있기 답답한데 밖에 나가서 놀면 안 되는 것이느냐?"

글쎄다.

이렇게 될 줄 알았으면 아침을 가지고 온 마마에게 물어볼 걸 그랬다.

밖에 나가서 놀아도 되냐고.

……나와 랑이가 저승에 온 이유를 생각해 보면 조금 어이없을 지도 모르겠지만, 그건 그거고 이건 이거다.

긴장의 끈을 계속 당기고 있을 수는 없는 노릇이잖아? 애초에 나와 랑이가 당장 할 수 있는 일은 없는 데다가, 앞으로의 일도 이미 준비가 끝났고.

이럴 때는 신경을 느슨하게 하고 있는 편이 좋은 거다.

응.

그런 거다.

그런 걸로 하자.

그렇게 나는 자기 합리화를 마치고 침대에서 내려왔다.

"그럴까?"

"응!"

염라의 농담이 현실이 된 순간이었다.

……뭐, 그래도 이 성에서 벗어날 생각은 없지만.

거기다 혹시 모르잖아? 성을 돌아다니다가 우연히 세희가 갇혀 있는 곳을 발견할지도?

그렇게 생각한 나는 방문을 열었다.

따듯한 태양이 눈부시게 비추고 있고, 저 멀리 있는 성벽에서 누군가가 뛰어내려 흙먼지를 일으키며 달리는 모습이 보였다.

이쪽을 향해.

"……응?"

"왜 그러느냐, 성훈아?"

랑이는 앞을 가로막은 나 때문에 보이지 않겠지만, 그 무엇인가는 정확히 이쪽으로 달려오고 있다.

산책을 나간 바둑이와 좋은 승부를 벌일 것 같은 속도로 말이야.

나는 진지하게 랑이의 뒤에 숨을까 고민했지만, 이쪽으로 달려오고 있는 게 누구인지 육안으로 확인할 수 있었을 때, 굳이 피하지 않아도 되겠다고 생각했다.

이쪽을 향해 달려오는 건 마마였으니까.

"와! 정말 빠르느니라!"

지구 반대편에서 순식간에 내 곁에 온 전적이 있던 녀석이 할 말이 아니지.

내가 그런 딴죽을 걸고 있는 사이에 마마는 능숙하게 제동을 걸어 내 바로 앞에 섰다.

마마가 가까이 오고 나서야 알게 된 건데, 이 녀석은 어제와 다른 옷을 입고 있었다. 러닝셔츠로 보이는 붉은 상의와 흔히 말하는 돌핀 팬츠 말이다.

이런 모습을 보니까, 마치 육상 선수처럼 보이네.

……그런데도 왜 내 머릿속에서 '1번 마 치고 나갑니다!' 같은 게 떠오르는지는 묻지 말아 줬으면 해.

어쨌든, 발설지옥의 관리가 입을 만한 복장이 아니라는 건 확실하다.

그에 대해 말하고 싶었지만, 그보다 앞서 마마가 내게 물었다.

"왜 나왔어?"

……그 먼 거리를 빠르게 달려왔는데 숨 한번 헐떡이지 않는군. 그저 훤히 드러난 다리와 목덜미에 살짝 땀이 맺혀 있는 정도다.

그게 마마의 건강미를 돋보이게 하는 것 같아서 꽤나 보기 좋군.

역시 어린애는 활기차고 건강한 게 제일이지!

……내가 지금 이런 소리를 할 때가 아닌 것 같지만.

"어. 방에만 있다 보니 좀 답답해서."

나는 슬쩍 마마의 안색을 살피며 말했다.

"혹시 방에서 나오면 안 되는 거냐?"

"염라대왕님께서 그리 말씀하셨어?"

"아니?"

"그러면 괜찮을 것 같아. 나도 그런 말 못 들었으니까."

다행이군.

그러면 나도 마마에게 물어볼까.

"그건 그렇고……."

"그래서……."

마마하고 말이 겹쳤다.

"……."

"……."

나와 마마는 서로의 눈치만 보기 시작했고, 이러다가는 끝이 없을 것 같아 내 쪽에서 먼저 손을 들고 말했다.

"어제하고 옷이 다르다?"

"이거?"

마마가 몸을 좌우로 꼬아 옷차림을 살펴보자 위로 묶은 머리카락이 따라서 흔들린다.

"이쪽이 편하거든."

확실히 편해 보이긴 한다.

하지만 내가 걱정되는 건 그렇게 편하게 입고 다녀도 괜찮냐는 거지. 문제가 없다면 어제도 오늘과 같은 옷을 입고 있었을 테니까.

그 점에 대해 언급하자 마마가 고개를 흔들었다.

"밖에만 안 나가면 괜찮아."

"그러냐."

죽은 사람들 앞에 서는 밖이라면 모를까, 염라가 만든 이 성 안에서는 괜찮다는 거군.

호기심을 해결한 나는 마마에게 말했다.

"그건 그렇고, 너는 무슨 말이 하고 싶었어?"

"별거 아니야."

나를 불안하게 만드는 말 중 하나지.

"밖에 나왔으니까 이제 뭘 할지 궁금했어."

궁금할 만하지.

외부자인 나와 랑이가 성안을 마음대로 다니도록 놔둘 리가 없잖아? 문이 열리자마자 마마가 저 멀리 있는 성벽에서 달려온 것도 그런 맥락에서 생각해 보면 이해가 된다.

마마는 일종의 감시역인가.

그런 생각에 잠시 말을 아끼고 있는 나 대신, 랑이가 마마에게 대답했다.

"나도 모르겠느니라!"

너무나 기운차게 말이지.

어떻게 대답해야 할지 고민하고 있던 내가 바보같이 보일 정도로.

"몰라?"

살짝 힘이 빠진 마마에게 랑이가 말했다.

"응! 어디 놀러 갈 만한 곳이 있느냐?"

"놀러 갈 만한 곳?"

마마의 표정이 눈에 띄게 굳어 버렸다.

그걸 눈치 못 챌 랑이가 아니다.

"왜 그러느냐?"

마마가 진지한 표정으로 말했다.

"……논다는 게 뭐야?"

내 표정도 덩달아 진지해졌다.

랑이는 살짝 얼이 빠져서 머리카락으로 물음표를 만들며 손가락을 입에 물었지만.

"……응?"

"논다는 게 뭔지 몰라, 난."

랑이가 고개를 돌려 어색한 웃음을 짓는 나를 바라보았다. 그 시선에는 '논다.'라는 개념을 마마에게 설명해 주기를 바라는 마음이 녹아 있었다.

지금인가.

지금인 것인가.

성의 누나와 성린을 통해 단련된 나의 어휘와 설명 실력을 뽐낼 순간이 바로 지금인가!

"논다는 건 말이다."

나는 마마에게 말했다.

"……노는 거야."

랑이의 마마의 실망스러운 눈빛이 아프다!

"……뭐야, 그게."

"……성훈아."

하지만 어쩔 수 없잖아.

누구라도 논다, 라는 행동의 뜻을 갑자기 설명해 보라고 하면 나 같은 대답밖에 못할 거라고!

아니, 시간을 준다고 해도 '논다.'라는 말을 정의하는 건 힘들 거다.

"논다는 말은 너무 광범위한 뜻을 품고 있어서 그래. 예를 들면, 아무것도 안 하고 누워 있는 것도 노는 게 될 수 있고, 취미 생활을 즐기는 것도 논다고 할 수 있고, 친한 사람하고 이야기를 나누는 것도 논다고 할 수 있으니까."

내가 할 수 있는 건 간단히 예를 들어 논다는 것의 개념을 설명하는 것뿐이다. 나머지는 마마가 스스로 깨달아 주기를 바랄 수밖에.

"으음."

마마가 내 말을 듣고는 발끝으로 땅을 비비며 말했다.

"잘 모르겠어."

총체적 난국입니다.

나는 좀 더 이해하기 편하게 마마의 입장에서 다가가 보기로 했다.

"넌 일을 안 할 때는 뭘 하고 지내는데?"

마마가 말했다.

"그런 적 없어. 언제나 일을 하고 있으니까."

염라대왕이 아니라 악덕 대왕이었구나!

이승에서 일에 치여 지내던 내 입장에서 마마를 위해 염라에게 한마디 해 줘야겠다!

그전에 마마에게도 할 말이 있지만.

"그래도 괜찮냐?"

무엇보다 건강이.

마마가 고개를 끄덕였다.

"응. 지옥에 있는 이상, 나하고 우두마면은 지치지 않으니까."

"……지치지 않는다고?"

내 부러움의 대상이 된 마마가 다시금 고개를 끄덕였다.

"응. 우리가 지치면 큰일이 나니까 그렇게 됐어."

왜 큰일이 나는가 생각해 보니, 그 이유는 간단했다.

지금 이렇게 마마와 이야기를 나누고 있을 때도, 사람은 죽기 마련이니까.

생사의 순환에 따라 끊임없이 죽은 사람들이 지옥에 오게 되는 거다. 그런데 지옥의 관리인이라고 할까, 이곳에서 죽은 사람들을 재판하고 다음 지옥으로 인도해 주는 이들이 지친다면 큰일이 나겠지.

다만, 한 가지 마음에 걸리는 일이 있었다.

"……그런 것치고는 재판이 꽤나 밀려 있던 것 같던데."

마마가 고개를 떨어트린다.

마마가 발끝으로 비비고 있는 돌바닥이 살짝 파인 듯한 기분이 든다.

곤란한 질문이었나 보다. 화제를 돌리자.

"염라대왕님은 우리하고 다르니까."

하지만 그보다 앞서 마마가 입을 열었다.

일부러 화제를 돌릴 필요는 없겠군.

"다르다고?"

"응."

괜찮은가, 지옥.

발설지옥의 재판장은 염라다. 옆에서 우마와 마마가 보조를 한다 해도, 죽은 이들을 심판하는 것은 염라라는 말이다.

그런데 염라가 지치면 안 되잖아?

지옥의 앞날에 대한 걱정으로 마음이 무거워져 말을 멈추자, 랑이가 내 생각과 같은 말을 꺼냈다.

"그러면 큰일 아니느냐? 그러다가 염라가 지쳐서 쓰러지면 어떻게 하느냐?"

"괜찮아. 그럴 일은 없어."

"으냐앗? 아까 한 말하고 다르지 않느냐?"

눈을 동그랗게 뜬 랑이에게 마마가 말했다.

"지치는 건 마음이니까."

……그게 더 문제 아닌가.

몸은 아프면 징조라도 보이지, 마음은 병들어 가도 주위에서 알아주는 이 하나 없으니까.

물론 저는 있습니다.

나는 누구보다 내 변화를 잘 알아주는 랑이의 머리에 손을 올리며 마마에게 말했다.

"마음이 지친다고? 염라가 심적으로 지칠 만한 일이라도 있는 거야?

예를 들어, 우리들이 염라대왕님을 무서워하는 것 때문이라거나.

그런 대답을 바라고 한 질문이었지만, 마마의 대답은 예상 외였다.

"염라대왕님은 **겉모습과는 달리 섬세하신 분이라** 우리와 달리 망자들에게 너무 신경을 많이 쓰셔서 그래."

그 술 취한 주정뱅이가 섬세하다는 말에 딴죽을 걸고 싶은 마음이 한가득이었지만, 나는 참기로 했다.

지금은 그게 중요한 게 아니니까.

"죽은 사람들한테?"

마마가 한쪽 발을 뒤로 빼서 발끝으로 툭툭 바닥을 두드린다.

"망자들이 어떤 삶을 살았는지, 죄를 지었다면 왜 그런 죄를 지었는지 모두 다 알려고 하고 이해하려고 하셔. 그러다 보니 심적으로 지치는 일이 많아서, 나도 우두마면도 걱정이야."

……술로 스트레스를 푼다는 말이 단순한 변명은 아니었을지도 모르겠다.

하지만 지금은 눈앞에서 풀이 죽어 있는 마마가 더 신경 쓰인다.

항상 하는 말이지만, 아이들은 활기차고 건강한 게 제일이라고 생각하니까.

이놈의 오지랖은 시도 때도 없어요.

"그러냐."

뭐, 지금은 할 일도 없고 괜찮겠지.

"그러면 내가 염라한테 말해 줄까? 좀 적당히 상황 보면서 일하라고."

우마와 마마가 염라를 어려워하는 것을 알고 있으니까 한 말이었다.

그런데 말이다.

"안 돼, 안 돼, 안 돼. 그러면 절대 안 돼."

마마의 포니테일이 사물놀이를 할 때 모자에 단 줄같이 보일 정도로 격하게 흔들렸다.

그 모습에 나는 살짝 당황했고, 반대로 랑이는 한발 앞으로 나섰다.

"갑자기 왜 그러느냐? 괜찮느냐?"

랑이가 두 손을 잡아 오자, 어느 정도 진정한 마마가 고개를 끄덕인 후 말했다.

"예전에 나하고 우두마면이 염라대왕님께 말씀드렸던 적 있어. 그런데 염라대왕님이 정말 정말 크게 화를 내셨어. 지금까지 서먹하게 지낼 정도로."

마마의 말에 나는 두 가지 사건을 하나로 연관 지어 사정을 파악할 수 있었다.

그건 정말 나답지 않은 일이었다.

……**아사달에게 영향을 받은 것**만으로도 이 정도라니, 정말 대단하네.

부럽지는 않지만.

왜, 사람은 각자 장점이 있으니까 말이다.

지금처럼 랑이의 눈빛에 담긴 뜻을 읽고 고개를 끄덕일 수 있는 건 아사달이 할 수 없는 일일 테니까.

나는 마마에게 자세한 사정을 묻는 건 랑이에게 맡기기로 했다.

그 편이 더 좋아 보이니까.

"괜찮다면 염라가 왜 화를 냈는지 말해 줄 수 있겠느냐?"

고개를 숙인 채 쉽게 말을 잇지 못하는 마마에게 랑이가 말했다.

"그러면 분명 성훈이와 내가 도움을 줄 수 있을 것이니라."

마마가 살짝 놀란 눈으로 랑이를 보며 말했다.

"요괴의 왕과 호랑이가?"

"그렇느니라!"

거짓 하나 없는 맑은 눈으로 마마를 바라보며 랑이가 말했다.

"내게 염라가 화난 이유를 말해 준다면!"

그런데 왜 갑자기 나를 보냐?

"분명 성훈이가 염라에게 무리하지 말라고 잘 말해 줄 것이니라!"

나냐.

내가 하는 거냐.

'나와 호랑이'에서 '호랑이'는 어디 간 거냐.

아니, 그 전에 내가 할 수 있는 거 맞아?

가뜩이나 염라와 한 거래도 있고, 그런 일까지 떠맡으면 머리가 아플 것 같은데.

"와…… 정말이야, 요괴의 왕?"

하지만 두 아이의 믿음과 신뢰와 기대심이 가득 찬 시선을 받으면서 약한 소리를 어떻게 하겠어?

"……노력은 해 보마."

전 할 수 있습니다!

우리 집 아이들의 무리한 부탁에 단련된 저는 할 수 있어요!
"서, 성훈아. 그렇게 말하면 어떻게 하느냐?"
내 대답에 랑이는 땀을 뻘뻘 흘릴 정도로 당황한 것 같고.
"……."
마마의 실망에 찬 시선을 해석하자면, '뭐야, 그게…….' 정도겠지.
하지만 견뎌 냈다!
실망에 가득 찬 시선을 받는 건 익숙하니까!
그렇기에 나는 평정심을 유지한 채 마마의 머리를 툭툭 두드리며 말할 수 있었다.
"일단 이야기부터 들어 보자."
"……."
마마의 의심에 찬 시선은 사라지지 않았다.
"괘, 괜찮으니라! 성훈이가 못 미더울 수 있겠지만, 알고 보면 일부러 저렇게 말하는 것이니까!"
랑이는 있는 힘껏 마마에게 믿음을 실어 주기 위해서 말을 했지만.
"일부러? 왜 그러는데?"
"으냐앗?"
마마의 질문에 머리카락으로 물음표를 만들고는 나를 올려다보았다.
"그러고 보니, 왜 그러느냐?"
왜 그러긴.

보험이다, 보험.

호언장담을 한 다음에 일이 잘 안 풀리면 부끄럽잖아.

……무엇보다 나는 내가 그렇게 잘난 인간이라고 생각하지 않으니까 말이다.

이런 이야기를 해 봤자 랑이라면 시속 300㎞/h정도로 고개를 저을 테니까, 나는 다른 이유를 찾아 입에 담았다.

"버릇이다."

참으로 딴죽 걸기 힘든 이유를.

"그, 그러하느냐?"

"그런 거야?"

나는 굵은 땀을 흘리는 랑이와 의아해하는 마마에게 고개를 끄덕여 줬다.

"그런 거다."

뭐, 거짓말은 아니니까.

하지만 이런 내 태도가 마마에게 믿음을 줄 거라고는 생각하지 않는다.

지금도 말할까 말까 고민하는 눈치고.

아마도 일이 잘 안 풀렸을 때의 일이 걱정인가 보다.

……염라가 늘어진 겉모습이나 목소리와는 달리 생각이 깊다는 건 알고 있지만, 이렇게까지 무서워할 녀석인가?

음.

잘 모르겠지만, 이해해 주자.

그래서 나는 넘치는 배려심으로 말했다.

"뭐, 그건 일단 뒤로 미루고."

"으냐앗?"

"응?"

랑이와 마마는 갑자기 무슨 말이냐는 듯 동요했지만, 나도 생각이 있어서 하는 말이다.

마마의 태도로 보아, 지금 밀어붙인다면 오히려 딱 잘라 거절할 것 같기도 하고…….

괜히 마마의 안 좋은 기억을 되살리게 하고 싶지도 않고 말이다.

애초에 염라의 측근은 한 명이 아니잖아?

그러니 지금은 **다른 일**에 신경을 쏟자.

"기분 전환으로 성이라도 구경하러 갈까?"

내 말에 마마는 살짝 난처한 표정을 지으며 말했다.

"하지만 나, 일해야 하는데."

마마의 일이 뭔지는 이미 알고 있지.

"우리가 이상한 곳을 돌아다니지 않게 감시하는 거?"

마마의 눈동자가 동그래졌다.

"어떻게 알았어? 말 안 했는데?"

모르는 게 이상한 거 아닐까.

"에헴!"

그리고 왜 네가 가슴을 펴는 거냐.

가슴을 쫙 펴고 그렇지 않아도 높은 콧대로 하늘을 찌를 기세인 랑이가 말했다.

"우리 성훈이가 이렇게 믿음직스럽느니라!"

"오오……."

그래도 '요괴의 왕, 대단해!' 같은 시선을 받는 건 기분 좋군.

……민망하기도 하지만.

"뭐, 그러니까 우리하고 같이 돌아다니면 일도 같이 하는 게 되지 않겠어?"

"그렇느니라. 그러니 너도 같이 다니자꾸나."

마마는 잠시 생각을 한 뒤.

"응."

힘차게 고개를 끄덕였다.

마마의 동행으로 엄한 곳을 돌아다닐 수 없게 된 건 아쉽지만, 좋게 생각하자. 저승 가이드가 생겼다고 말이야.

그리고 마마는 내가 생각했던 역할을 충실하게 수행했다.

"응? 여기는 수족관 같은데 왜 물고기는 없는 것이냐?"

"수족관이 아니라 수영장. 수영하는 곳이야."

"아, 그렇구나! 그런데 수영은 다른 곳에서도 할 수 있지 않느냐?"

"물이 따듯해."

"……그러면 목욕탕이 아니느냐?"

"그렇게 뜨겁지는 않아."

그러고 보니 랑이와 함께 수영장을 간 적은 없구나. 바다며 계곡이며 다니다 보니 수영장을 갈 필요가 없긴 했지만, 나중에 사회 견학 겸 교육 목적으로 한번 같이 가야겠다.

"이건 나도 알고 있느니라! 오락실! 오락실이다!"

"응. 염라대왕님이 이승에서 가져오셨어."

"우리 집에 있는 폐이도 게임을 좋아하느니라. 혹시 염라도 이런 걸 좋아하느냐?"

"……한 번도 하시는 걸 본 적 없어."

"그러면 왜 만든 것이느냐?"

"심심하셔서?"

"그, 그러하느냐."

수영장 다음에 안내받은 오락실에는 여러 가지 게임이 많이 있었지만, 사람의 손이 닿은 흔적은 보이지 않았다.

"여, 여기는 바로 나가도 될 것 같으니라."

"호랑이는 책 싫어해?"

"싫어하는 것은 아니니라. 동화책은 좋아하니까 말이니라. 하지만……."

"하지만?"

"으냐아……."

"으냐아?"

"……책에는 문제집이라는 나쁜 것도 있단 말이니라."

"……그래?"

나도 문제집을 싫어하는 입장에서 랑이의 마음을 이해할 수 있지만 말이다. 이 서고에는 문제집 같은 건 없을 것 같은데.

책들이 모두 두꺼운 양장본이니까 말이다.

……랑이가 피하고 싶어 할 책이라는 면에서는 다를 게 없군.

"으냐앗?! 나무가 작으니라! 성훈아! 보거라! 작은 나무가 한가득이니라!"
"작은 나무가 아니라 분재. 분재라고 해."
"분재? 이런 나무를 분재라고 하느냐?"
"응."
"그렇구나! 이렇게 분재를 보고 있자니, 본신으로 있을 때 산에 심어진 나무를 보는 기분이 드느니라!"
"호랑이는 커?"
"엣헴! 원래는 정말 정말 크느니라!"
"부러워."
참고로 나는 작은 게 좋다.
……아니, 그런 의미가 아니라. 너무 크면 안아 주기도 힘들고, 같이 놀기도 힘들잖아.
"여기는 도예실."
"도예실? 도예실에서는 무엇을 하는 것이느냐?"
"도자기를 만들어."
"도자기? 염라는 도자기도 만들 줄 아느냐?!"
"응. 몇 백 년 전까지는 가끔씩 만들곤 하셨어."
"으냐앗? 그 말은 요즘에는 안 만든다는 것이느냐?"
"……응. 이젠 귀찮으시대."
"귀찮다고 말이느냐?"
"술을 마시는 게 더 쉽고 편하다고 하셨어."
"그, 그러느냐……."

참으로 슬픈 이유로군.

덕분에 도예실 한쪽에 전시되어 있는 아름다운 빛깔의 도자기들이 우는 것처럼 보인다고.

“아! 이건 낚시터 아니느냐?”

“알아?”

“검둥이가…… 아, 검둥이는 내 언니이니라. 검둥이가 보던 책에서 많이 보았느니라!”

“응. 여기서 물고기를 잡으면서 시간을 보내는 거야.”

“……나는 그게 뭐가 재미있는지 모르겠느니라.”

“나도 그래.”

“너도 그러하느냐?”

“응. 낚시보다 달리는 게 재밌어.”

낚시꾼 앞에서는 절대로 해서는 안 될 이야기를 하는 것 같다. 물론 이런 이야기를 하는 나도 낚시에 대해서는 전혀 모르지만.

물고기를 낚을 때의 ‘그 찰진 손맛’이 좋다고 하는데, 해 본 적이 있어야지.

뭐, 어쨌든.

이런 식으로 마마는 나와 랑이를 데리고 성안에 있는 시설들을 구경시켜 줬다.

구경하는 것만으로도 시간이 훌쩍 지나간 기분이다.

이런 시설들을 작은 방 안에 수용할 수 있게 해 주는 요술을 잘 쓰면, 주택 문제를 해결할 수 있을 것 같다는 생각이

든 건 덤이고.

단 한 가지, 마음에 걸린 게 있다면.

"……여기는 들어가면 안 돼."

마마가 방문을 열려고 하는 랑이의 앞을 가로막은 적이 있다는 점이다.

마마가 랑이를 막은 적은 지금까지 한 번도 없었기에 머릿속에 여러 가지 생각이 떠올랐다.

"왜 안 되는 것이느냐?"

그에 비해, 랑이는 순수한 호기심밖에 없는 것 같지만.

그런데 마마야. 넌 왜 나를 보냐?

"응? 왜 안 되는 것이느냐?"

아, 그렇군.

어린아이인 마마도 랑이의 반짝반짝 시선 공격을 무시할 수 없어 보이는 눈치다.

"호랑이가 이러면 곤란해져."

그냥 두고 보기도 그러니, 조금 도와줄까?

"왜 곤란한데?"

그렇게 배신당했다는 듯이 보지 마라.

너를 도와준다고는 안 했다.

"곤란한 건 곤란한 거야."

사방이 적이라는 것을 깨달은 마마는 목덜미 위로 식은땀을 줄줄 흘리며 안절부절못했다.

좋아, 조금만 더 밀어붙이면 이 안에 뭐가 있는 지 알 수 있겠군.

혹시 모르잖아.

이 안에 세희가 갇혀 있을지도?

"으냐앗…… 그러면 어쩔 수 없구나."

하지만 우리 착하신 랑이 님께서는 마마의 사정을 봐주기로 한 것 같다.

랑이가 그렇게 말했으면 어쩔 수 없지.

어린애를 진심으로 곤란하게 만드는 건 싫기도 하고.

나는 내 못난 기억력을 총동원해서 마마가 들어갈 수 없다고 한 문의 위치를 머릿속에 집어넣고 걸음을 옮겨야만 했다.

……지금은 어딘지 헷갈리지만.

말했잖아, 내 못난 기억력이라고.

해가 하늘 꼭대기에 걸릴 때까지 돌아다녔으니 어쩔 수 없는 일이다.

두뇌 회전이 빨라졌다 한들, 뇌의 성능이 좋아진 건 아니니까.

그보다 시간이 시간이라 슬슬 배가 고프네.

열심히 돌아다녀서 그런가.

—꼬르르르르륵.

배가 고파진 건 나뿐만이 아닌 것 같다.

"으냐아……."

두 손을 배에 대고서 살짝 얼굴을 붉힌 랑이가 기운 빠진 목소리로 말했다.

"배가 고프느니라."

또 다른 방을 안내해 주려고 앞장서 걷던 마마가 뒤를 돌아보며 물었다.

"방에 돌아가?"

"그게 좋겠다."

이대로라면 내 배에서도 꼬르륵 소리가 날 것 같으니까.

"이쪽이야."

나와 랑이는 몸을 돌려 우리가 왔던 길을 되돌아가는 마마의 뒤를 따라 걸었다.

들리는 곳이 없었기에 돌아가는 길은 그리 길지 않았다.

"아, 잠깐만."

덕분에 나는 점심을 준비해 온다는 마마를 불러 세울 수 있었고.

"응?"

나는 고개만 돌려서 뒤를 돌아본 마마에게 말했다.

"점심은 우마가 가지고 와 주면 안 될까? 그 녀석한테 할 말이 있거든."

신나게 돌아다니느라 기억 저편에 묻어 뒀지만, 그렇다고 잊어버린 건 아니다.

마마와 우마가 염라의 화를 산 적이 있다는 이야기를.

나는 그때 일어난 일을 자세히 알 필요가 있다.

마마와 우마가 염라를 두려워하는 이유와 염라가 내게 거래를 제안한 이유는 분명 그 사건과 연관이 있을 테니까.

어제 염라가 했던 말과 마마가 그 일을 말했을 때의 반응을 연관 지어 생각해 보면, 누구나 다 짐작할 수 있겠지.

그걸 듣는 순간에 파악한 건 내가 생각해도 나답지 않은 일이었지만, 뭐 어때.

지금 찬물 더운물 가릴 때도 아니고.

"응."

그런 내 꿍꿍이도 모르고, 시원스럽게 고개를 끄덕인 마마가 다시 앞을 바라보기 전에.

"그리고 말이다."

나는 마마를 붙잡았다.

"할 말 있어?"

나는 고개를 끄덕이고, 하고 싶었던 말을 꺼냈다.

"오늘, 재밌었냐?"

내 질문이 예상외였는지 마마는 발끝으로 땅을 비비며 생각에 잠겼다.

"……으음."

하지만 이내 마마는 몸을 돌려 이쪽을 향해 섰다.

"응. 재밌었어."

환한 미소를 입가에 품고서 말이지.

"신기해. 몇 번이나 갔던 곳인데."

"그러냐."

나는 피식 흘러나오는 웃음을 숨기지 않고 말했다.

"아까 전에 나한테 말했지?"

"아까 전?"

"왜, 논다는 게 뭔지 모른다고 했잖아."

"아."

살짝 놀라는 마마에게, 나는 인터넷에서 봤던 글을 인용해서 말했다.

"아아, 이것이 '논다.'라는 것이다."

"응? 그건 무슨 말이야?"

"성훈아, 왜 그렇게 이상하게 말하느냐?"

……랑이와 마마의 어리둥절한 모습을 보고 있자니 민망하기 짝이 없군.

"아니, 뭐, 그러니까."

나는 일부러 머리를 긁적이며 말했다.

"이런 식으로 재미있는 시간을 보내는 게 논다는 것의 한 가지 방법이라는 걸 말하고 싶었어."

마마가 잠시 생각에 잠긴 틈을 타서, 나는 랑이의 머리를 쓰다듬어 물음표를 누르면서 말을 이었다.

"이상하게 말한 건 그러면 재미있을 것 같아서 장난친 거였다."

재미도 감동도 없고, 그 누구도 이해하지 못했지만.

"아, 그런 것이었느냐. 하긴, 성훈이는 가끔 알 수 없는 농담을 많이 하니까 말이니라."

그렇게 많이 한 것 같지는 않지만, 이 화제를 길게 끌어 봤자 내게 좋을 건 없으니 넘어가기로 하자.

"그래도 논다는 게 뭔지 대충 알 것 같아."

마침 마마가 고개를 끄덕이며 목소리를 내기도 했고.

"그러면 요괴의 왕."

"응?"

"아까 이상한 말투로 말한 것도 노는 것의 일종이야?"

"……그렇다고 생각해 주라."

마마가 고개를 끄덕이며 한층 더 밝은 미소를 품으며 내게 말했다.

"아아, 알겠다는 것이다."

나는 랑이가 내 손을 잡아 끌 때까지, 그 자리에 서서 붉게 달아오른 얼굴을 가리고 서 있어야 했다.

이승의 네 번째 이야기

"두근두근아, 할 수 있어?"

아야의 말에 성의는 고개를 잠시 생각에 잠겼다가 언제나와 같은 나긋한 목소리로 대답했다.

"곤란하네요."

부정적인 대답이 돌아올 가능성도 충분히 예상해 뒀지만, 그걸 마주하는 것은 다른 이야기다.

자연스럽게 꼬리털이 부풀어 올랐고, 아야는 바짝 침이 말라 가는 것을 느끼며 성의에게 말했다.

"뭐가 곤란한데?"

자신에 비해 너무나 느긋한 성의의 태도가 아야는 그다지 마음에 들지 않았다.

지금 아빠가 저승에 가 있는데, 왜 저렇게 여유로운 거야?!

그런 아야의 생각을 알 리 없는 성의가 답했다.

"기억이 나지 않아요."

"그게 무슨 소리야?"

"기억이 나지 않는 건 기억이 나지 않는 거예요."

아빠의 빈자리를 이런 식으로 느끼고 싶지 않았는데!

"그러니까 뭐가 기억이 나지 않는 건지 말해 달라고, 이 답답아!"

자기도 모르게 목소리가 높아졌는지, 성의가 살짝 얼굴을 찌푸리며 몸을 뒤로 하며 말했다.

"깜짝 놀랐잖아요. 너무 큰 소리를 내지 말아 주세요."

첫 만남에서 그리 좋은 인상을 주고받지 못한 두 사람이다. 당연히 대화를 나눈 경험이 드문 아야의 입장에선 지금의 상황이 답답하기 그지없었다.

"……도대체 아빠는 이 답답이하고 어떻게 대화를 할 수 있는 거야?"

자기도 모르게 나온 한탄을 놓칠 성의가 아니었고.

"성훈은 성훈이니까요."

바로 그런 점이 답답하다는 거다. 지금은 이렇게 시간을 낭비하고 싶지 않은데.

그렇기에 아야는 평소 성훈이 성의와 이야기를 할 때 어떻게 대화를 이끌어 나갔는지 기억을 떠올려 보았다.

그제야 성의와의 올바른 대화법을 깨닫게 된 아야는 마음속으로 길고 긴 한숨을 내쉬었다.

……잘도 그런 귀찮은 일을 하네, 아빠는.

"그래서 뭐가 기억이 안 난다는 거야, 이 깝깝아?"

성의가 말했다.

"지금까지 견우성을 거쳐 갔던 견우들의 이름이요."

정답이었다.

"몇 명이나 된다고 그걸 기억 못해?"

말을 하고 나서야 지나치게 쏘아붙였다는 것을 깨닫고 반성했지만, 이미 성의는 눈살을 살짝 찌푸리고 있었다.

"그들은 제게 있어 견우였을 뿐이에요. 제가 이름을 기억할 필요가 없는 341명의 신선일 뿐이었죠."

하지만 성훈은 다르다.

성의의 말에는 그런 속내가 담겨 있었다.

그걸 눈치 못 챌 아야가 아니고.

"하지만 지금 아빠를 구하려면 그 그 341명의 도움이 필요하단 말이야."

"곤란하네요."

대화가 다시 원점으로 돌아갔다는 사실에, 속이 터질 것 같은 답답함을 느낀 아야의 꼬리가 붉게 물들어 갈 때.

성의가 말했다.

"그들이 저에게 도움을 줄지 모르겠어요."

말이 통한다는 게 이렇게 기쁜 일이었는지 몰랐어!

하지만 지금은 그보다 앞서 짚어야 할 문제가 있다.

"신선들이 누구인지 모른다고 했잖아, 궁금아."

성의가 고개를 끄덕였다.

"그래요."

"그러면 어떻게 연락하게? 수소문이라도 할 거야?"

아야는 그럴 거라면 차라리 거타지에게 부탁하는 편이 나았을지도 모른다고 생각했다. 그러면 적어도 지금처럼 속 터지는 일은 없을 테니까.

"아니요."

하지만 성의는 고개를 가로젓고, 지금껏 자신의 품에 안겨 조용히 대화를 듣고만 있던 자신의 딸.

두 번째 아이인 성린의 머리를 쓰다듬으며 말했다.

"성린이 알려 줄 거예요."

그 모습은 한 편의 그림처럼 모성애가 가득해 보였으나.

"딸꾹?"

정작 성린은 성의의 말이 예상외였는지 깜짝 놀라서 딸꾹질을 시작했다.

"나는 그때 없어서 몰라, 엄마."

그 대답에 아야는 머리가 아파 오는 걸 느꼈다.

키이잉, 이건 아마 신경성일 거야.

하지만 성의는 당황해 딸꾹질을 하는 성린이나 골치 아파하는 아야와 달리 평소와 같은 목소리로 말했다.

"성린, 첫 번째 아이를 만나러 가 주지 않을래요?"

"왜?"

"첫 번째 아이는 모두 기억하고 있을 테니까요."

그 말에 아야의 두통이 거짓말처럼 나았다.

"진짜야, 이 사이다야?"

바로 대답이 돌아올 거라는 아야의 생각과 달리, 성의는 성린을 바라보았다. 자연스럽게 아야도 그쪽으로 시선을 돌렸을 때, 성린이 말했다.

"사이다는 사이에 둔다는 뜻이야, 엄마."

"그런가요?"

"응."

지금 상황에 맞지 않는 엉뚱한 대답에 살짝 넋이 나간 아야를 향해, 성의와 성린이 연달아 말했다.

"왜 아야는 저를 사이에 둔다고 부른 거죠?"

"왜?"

"이해시켜 주세요, 아야."

"나도 궁금해, 아야 언니."

"사이에 둔다는 말에 다른 의미가 있는 건가요?"

"그런 거야?"

아야는 속에서 치밀어 오르는 화를 가라앉히고, 조바심을 억누르면서, 하늘 높이 선 꼬리를 아래로 내린 뒤, 자신은 그런 의미로 한 말이 아니고 지금은 그런 게 중요하지 않으니 질문에 대답해 달라고 조곤조곤 답하려 했다.

무리였지만.

"말이 안 통해애애애애!"

대화가 끝날 날은 요원하기만 하다.

저승의 다섯 번째 이야기

밥을 먹을 때는 먹는 데 집중하라는 이야기가 있다. 그 이유야 여러 가지가 있겠지만, 나는 같이 식사를 하는 상대의 예우 차원이라고 생각한다.

하지만 예의범절이라는 건 어디까지나 삶의 여유가 있을 때나 지킬 수 있는 법.

내가 찬물만 마시고 이를 쑤시는 양반도 아니고 말이지.

그래서 밥을 먹으며 염라가 화를 냈던 일에 대해 자세히 가르쳐 달라는 내 단도직입적인 요청에.

"그건 곤란하겠네요."

우마는 고개를 가로저었다.

"왜 안 되느냠냠, 아, 이거 정말 맛있오물오물."

그런데 랑이야.

난 적어도 입에 뭘 담은 상태에서는 말하지 않고 있다. 너도 말을 하든지, 밥을 먹든지 하나만 해 주면 안 되겠니?

우마가 꽤나 난처해하고 있잖아.

"왜 힘든데?"

그러니 더욱 곤란하게 만들어 주자.

"나도, 꿀꺽, 궁금하느니라!"

숟가락과 젓가락을 각각 양손에 잡고 말하는 랑이의 모습은 무언가 말로 설명할 수 없는 박력이 넘쳤다.

우마가 비지땀을 흘리며 대답할 정도로.

"저희들의 치부와 관련된 일이라 외부인이신 요괴의 왕님께는 숨기고 싶었던 이야기라고 생각해야 할 것 같은 느낌적인 느낌이 들어서요."

흐음?

지금의 이야기는 어떻게 받아들여야 맞을까?

그런 일을 내가 알게 돼서 부끄럽다는 쪽? 아니면 외지인인 나는 더 이상 파고들지 말라는 쪽?

내 생각에는 아마도 후자인 것 같다.

"아니, 그런데 그게 꼭 그렇지만도 않은 것 같더라고."

그래서 나는 손사래를 쳤다.

우마의 눈이 살짝 가늘어지고, 랑이는 입에 문 음식물을 꿀꺽 삼켰다.

……언제 다시 밥을 먹기 시작한 건지는 둘째 치고.

칠칠치 못하게 뽀얀 볼에 붉은 소스가 묻었잖아.

"지금……."

"아, 잠깐만."

나는 손을 들어 우마의 말을 제지하고 손가락으로 랑이의 보드라운 볼에 묻은 소스를 닦아서 입에 넣었다.

음, 역시 맛있다.

누군지는 몰라도 나와 랑이의 입맛에 맞게 요리를 잘해 줬어. 맵지 않고 간도 세지 않고 달달한 게, 마치 집밥을 먹는 듯한 느낌이다.

……애들은 잘 지내고 있을까 모르겠네.

그렇게 잠깐 우리 집에 대한 향수를 느끼고 있을 때.

"기, 기쁘긴 한데 조금 부끄럽느니라, 성훈아."

묻어 있던 소스만큼이나 양 볼이 달아오른 랑이가 그런 말을 했다.

"응?"

기쁜 건 알겠는데, 뭐가 부끄럽다는 거야?

……아항, 그런 거냐.

칠칠치 못한 모습을 가족이 아닌 다른 사람한테 보인 게 부끄러울 수도 있지.

하지만 이런 일에 당당할 수 있는 게 어린아이의 특권이라고 생각…… 하는데 말이지.

"……."

예전에 필요했던 '우와…….'라는 말이 어울리는 눈빛으로 우마가 나를 바라보고 있었다.

그제야 나는 랑이가 무엇이 부끄럽다고 말했는지 알 수 있었다.

……저는 언제부터 이런 일을 무의식적으로 하는 인간이 돼 버린 걸까요.

"크흠."

나는 의식적으로 헛기침을 하고 우마에게 말했다.

"왜, 그런 말도 있잖아."

그러니까, 그게…….

"상사상애(相思相愛)! 그래, 상사상애 말이다."

"상사상애는 남녀가 서로를 사랑한다는 뜻인 걸로 알고 있는데요, 요괴의 왕님."

"그, 그랬어?"

나는 서로를 사랑하는 남녀는 시도 때도 없이 애정 행각을 벌인다는 뜻인 줄 알고 기억해 뒀는데 말이다.

내 소중한 저용량 기억 창고에서 지워 버리기로 하자.

"성훈이가 나를 사랑한다고 말해 줘서 너무너무 기쁘느니라!"

랑이는 내 말에 그저 마음이 콩닥콩닥 뛰는 것 같지만.

뭐, 그러면 됐나.

"어, 어쨌든."

억지로 그렇게 생각한 나는 화제를 돌리기로 했다.

"무슨 말이 하고 싶었어?"

할 말이 많아 보이던 우마의 분위기가 순식간에 진지하게 변했다.

그럼에도 뭔가 파고들 여지가 있어 보이는 건, 내가 평소에 수 싸움을 하는 상대가 모두 평범하지 않은 녀석들밖에 없어서겠지.

"저와 마두마면의 실언이 어째서 요괴의 왕님과 관계가 있는 건지 여쭤 보고 싶었어요."

이렇게까지 떡밥을 덥석 물어 주면 정말 고마울 뿐이다.

이야기하고 싶지 않은 일이라면, 조금 전에 충분히 화제를 피할 수 있었는데 말이야.

아니면…… 한 가지 이유 때문에 일부러 피하지 않은 걸지도 모를 일이지만.

그래서 나는 우마가 바라는 대답을 했다.

"그야 염라와 관계가 있으니까."

"그건 또 무슨 말씀이시죠?"

그렇게 말한 우마는 어느새 가까이 다가와 있었다.

이왕 이렇게 된 거 의자에 앉아 줬으면 좋겠지만 그럴 생각은 없는 것 같다.

음.

뭐라고 할까.

올려다보는 내 입장에서 목이 아픈 것도 있지만, 나도 모르게 시선이 자꾸 아래쪽으로 향한단 말이지.

알고 있을지 모르겠지만, 가슴은 보는 시점에 따라서 그 모양새가 달라진다.

그것이 가슴의 위대함이라 할 수 있지.

위에서 바라보면 전체적인 가슴이 이루어 내는 역사다리꼴형이. 옆에서 바라보면 2차 함수 그래프가 옆으로 누운 듯한 부드러운 곡선을 그리는 원뿔형이. 밑에서 바라보면 끝이 없는 선을 이루는 뫼비우스의 띠가 보이는 것이다.

그 모든 모습은 찬미 받아 마땅할 만큼 아름답기 그지없다.

햄스터같이 부풀어 오른 랑이의 볼처럼 말이야.

어이쿠, 너무 빤히 보고 있었군.

"으냐아! 성훈이는 너무 큰 가…… 으읍?!"

나는 잽싸게 손을 들어 랑이의 입을 막았다.

"하하핫, 랑이야. 밥 먹을 때는 입에 있는 걸 모두 삼키고 이야기해야 하는 거야. 알겠지?"

"으으읍!!"

랑이가 항의의 표시로 머리카락을 삐죽 세웠지만, 나에게도 지켜야 할 것이 있는 법이다!

가족들은 어쩔 수 없다는 듯 넘어가 주고, 정미 누나는 이상하게 호의적으로 내 시선을 받아 주지만!

잘못했다간 요괴의 왕이 성희롱을 했다는 오명이 요괴들 사이에 널리 퍼…… 져…… 버려도 상관없…… 지가 아니잖아!

"응? 랑이야."

그래서 나는 뚱해 있는 랑이에게 최대한의 이해를 구하는 눈빛을 보냈다.

하지만 아무래도 랑이는 내가 자신의 작은 가슴도 좋아한다고 말해 주지 않으면 기분이 풀리지 않을 것 같은 눈치다.

우리 작은 랑이는 가슴과 관련된 이야기만 나오면 예민해진단 말이죠.

그렇다고 난 크기와 상관없이 랑이의 가슴도 좋아한다는, 변태의 취향 고백이나 다름없는 말을 우마가 있는 데서 할 수는 없는 노릇인데 어떻게 하지? 그렇다고 계속 랑이의 입을 막고 있을 수도 없는 노릇이고!

내가 이러지도 저러지도 못하고 있을 때.

“제 정신 좀 봐. 두 분 다 식사 중이셨죠? 죄송해요, 요괴의 왕님. 호랑이님. 두 분께서 식사를 마치시면 다시 뵙겠습니다.”

다행히도 우마가 먼저 배려해 줬습니다.

잠시 후.

우마가 잠시 자리를 비운 사이.

몇 번째인지 모르겠지만 말할 때마다 부끄러운 내 고백을 듣고 나서야 기분이 풀린 랑이와 나는 탁자를 앞에 두고 우마와 다시 마주했다.

하지만 쓰고 있는 의자는 두 개뿐.

배가 통통해진 랑이는 내 다리 위에 앉아서 가슴을 등받이로, 팔을 안전띠로 쓰고 있거든.

우마가 그런 모습을 말없이 관찰하고 있으니, 아무리 나라 해도 민망해져서 먼저 입을 열 수밖에 없었다.

“어, 그러니까…… 어디까지 이야기했더라?”

우마가 즉답했다.

“염라대왕님과 요괴의 왕님의 관계에 저와 마두마면의 실언이 연관되어 있다는 말씀을 하셨죠."

"그래."

칼 같은 요약 고맙다.

그런 농담이라도 건네고 싶지만, 우마가 풍기고 있는 분위기가 허락하지 않았다.

이 녀석도 염라와 관계된 일이라면 진지해지는구나.

그렇다면 나도 이야기에 집중을…….

아, 우마가 가슴을 탁자 위에 올려놓았다.

이야기에 집중을 하도록 하자.

하긴 가슴이 크면 무겁다고 하고, 나래도 어깨가 결린다는 말을 자주 하니까.

이야기에 집중을 하자.

요즘에는 요술 덕분에 많이 편해졌다는 말하고 같이.

우마는 가슴을 지탱하는 요술을 안 쓰는…….

집중 안 되네.

아니, 큰 가슴은 큰 무게를 가진다는 건 나도 알고 있지만 말이지. 그렇다고 탁자 위에 올려놓고 있는 건 좀 아니지 않나?

그렇게 말하고 싶은 마음이 한가득이지만, 그랬다가는 랑이가 토라지거나 우마가 나를 보는 시선이 바뀔 것 같아서 어떻게든 참아야만 했다.

"요괴의 왕님?"

덕분에 우마는 의아한 표정을 하고 있고.

어쩔 수 없이 비장의 수를 써야겠군.

"으냐앗?"

나는 랑이의 머리에 턱을 올렸다. 그리고 사랑하는 우리 호랑이님의 향기로 폐를 가득 채워 마음을 다스린 후 우마에게 대답했다.

"아, 뭐, 그랬지. 그래."

조금 더 시간이 필요했지만.

"그게 왜 관계가 있냐면 말이지. 염라가 나한테 **부탁**을 한 게 아무래도 너희들이 한 실언과 관계가 있는 것 같아서 말이다."

정확히 말하면 거래지만, 나는 일부러 부탁이라고 말했다.

그 편이 더 우마를 자극하는 데 좋을 테니까.

"염라대왕님께서 부탁을 하셨다고요? 요괴의 왕님께요?"

예상했던 대로 우마가 눈이 동그랗게 돼서 내게 말했다.

어째 이제야 우마의 눈동자를 제대로 본 기분이 든다. 정말 착하고 선한 눈망울이 인상 깊네.

……왜 그런지는 묻지 말아 주세요.

"그래."

지금은 우마에게 대답을 해야 하니까.

내 대답을 들은 우마는 고민도 하지 않고 내게 말했다.

"염라대왕님께서 요괴의 왕님께 무슨 부탁을 하셨는지 말씀해 주시겠어요?"

"그거야 네가 하는 일에 달렸지."

"그게 무슨 말씀이시죠?"

나는 입가에 미소를 지어냈다.

"가는 게 있으면 오는 게 있어야 한다는 말, 알아?"

"……."

나는 굳은 표정으로 입을 앙다문 우마에게 능글맞은 목소리로 말했다.

"싫으면 관두시든가."

그렇게 되면 곤란해지는 건 나지만, 어느 정도 승산이 있으니까 한 말이다.

염라에 대한 이야기를 하니까 분위기가 싹 바뀌는 것만 해도 알 수 있잖아?

우마가 염라를 소중히 생각한다는 거 말이다.

"좋아요."

예상대로 우마는 내 제안을 받아들이고, 자리에서 일어나 옷을 벗었다.

이야, 저 옷은 저렇게 벗는 거구나. 허리끈을 푸니까 옷이 자연스럽게 아래로 흘러내리네? 안에 흰색의 부드러운 속옷을 입는 것으로 브래지어를 대신하는 것 같다. 덕분에 옷을 벗는 동시에 자신의 존재를 만천하에 알리는 우마의…….

"성훈아, 우마가 왜 옷을 벗는 것이느냐?"

지금 이런 소리를 할 때가 아니었다!

"그런 걸 바란 게 아니야!! 옷 입어! 그리고 나도 몰라!"

우마와 랑이에게 동시에 말을 한 다음에, 나는 옆으로 몸을 틀었다.

"하지만 요괴의 왕님께서는 여자를 안는 것을 좋아하시잖아요?"

그래! 그렇게 알려져 있지! 그 빌어먹을 소문 때문에!

"응! 성훈이는 여자아이를 안는 걸 좋아하느니라!"

우리나라 말은 아! 다르고 어! 다르죠!

그리고 이럴 때 몸을 돌려 내 허리를 꼬옥 끌어안지 마!

나는 또 다시 오해할 말을 하지 못하도록 랑이의 얼굴을 내 가슴에 꼬옥 묻으면서 우마에게 말했다.

"그렇기는 한데! 다시 말하지만 내가 바라는 건 그런 게 아니라고!"

기분 탓일까.

옷을 추스르던 우마가 얼어붙은 것 같은데.

"설마 마두마면에게……."

얼어붙을 만하네!

"야! 내가 밥 먹을 때 한 이야기는 벌써 까먹었냐?!"

그제야 우마는 내가 무엇을 바라는지 깨달은 것 같았다.

"죄, 죄송해요."

얼굴을 새빨갛게 물들이고 옷매무새를 바로 하는데 전념했으니까.

하아, 하아, 하아.

아, 지친다. 아직 시작도 못 했는데 지쳐 버렸어.

하지만 그렇다고 포기할 수는 없는 일이다.

이건 반드시 필요한 과정이니까.

"요괴의 왕님."

어느새 옷을 제대로 입은 우마가 말했다.

"대답 드리기에 앞서, 한 가지 여쭤 봐도 괜찮을까요?"

"……뭔데?"

우마가 말했다.

"요괴의 왕님께서는 왜 그렇게 저와 마두마면이 저지른 실수에 대해 궁금해하시는 거죠?"

왜긴 왜야.

염라와의 거래를 성사시키기 위해서지.

바보가 아닌 이상, 염라가 진심으로 바라는 게 자연스러운 스킨십을 하는 법이라고는 생각하지 않을 거다.

……정말 그것뿐일지도 모른다고 생각할 수도 있지만, 그러기에는 그때 염라가 보인 반응이 걸리지.

왜, 단순히 스킨십을 좋아하기 때문에 나와 거래를 하느냐는 질문에 마음대로 생각하라고 대답했잖아.

만약 내 질문의 답이 YES였다면, 간단하게 인정하면 되는 거다.

하지만 염라는 대답을 피했다.

이는 염라의 '자신은 거짓말을 하지 않는다.'라는 말과 함께 생각해 보면, 단순히 스킨십을 좋아하기 때문에 나와 거래를 한 건 아니라는 말이 된다.

그리고 지금.

나는 마마, 우마와 나눈 대화를 통해 염라가 진심으로 바라는 게 뭔지 깨달을 수 있었다.

염라가 바라는 건 단순한 스킨십이 아니다.

그건 단순한 과정이자 수단일 뿐.

염라가 바라는 건 관계의 회복이다.

그 사건으로 어그러진 관계의 회복 말이다.

그러기 위해서는 마마와 우마가 염라를 어떻게 생각하고 있는지가 매우 중요하다.

물론, 대충 봐도 우마와 마마가 염라가 다가오는 걸 싫어할 리 없어 보인다. 염라에 대한 이야기를 할 때, 둘의 태도만 봐도 알 수 있어.

하지만 사람에게는 마음의 준비라는 게 필요하다.

좋아하는 사람에게 고백하기 위해서는 분위기 조성과 적절한 장소가 필요한 것처럼 말이야.

지금처럼 마마와 우마가 염라를 두려워하고 있는 상황이라면 더욱더.

마음의 준비가 되어 있지 않는데 갑자기 다가온다면, 당황한 나머지 자신의 진심과 다른 행동을 보일 수가 있는 법.

……치이를 등 뒤에서 갑자기 껴안았다가는 놀란 아기 까치에게 발등이 찍히는 것처럼 말이다.

그래서 나는 우마와 마마가 저지른 실언에 대해 묻고 있는 거다.

조금 더 정확하게 말하자면.

나는 우마와 마마가 저지른 실수를 듣고 그를 통해 염라가 왜 화를 냈는지, 그리고 둘이 아직도 염라를 어려워하는지 물어보면서, 은연중에 염라가 다시금 가까워지고 싶어 한다는 것을 알려, 두 사람이 염라를 받아들일 마음의 준비를 할 시간을 마련해 줄 생각이다.

이상이, 제가 집요하게 그때의 일에 물어보고 있는 이유입니다.

……흠.

역시, 조금은 껄끄럽군.

내 손으로 최선의 결과를 낼 수 있다면 감수해야 할 일이지만.

"요괴의 왕님?"

이런, 너무 생각을 깊게 한 것 같다.

"미안."

"대답하기 힘드시다면……."

"아니, 그런 건 아니야."

나는 어깨를 으쓱한 뒤, 우마에게 말했다.

"그냥 내가 오지랖이 넓어서 그래."

사실 이렇게 오지랖이 넓은 사람도 없죠.

어쩌겠어? 이런 성격으로 자라 버린걸.

"오지랖…… 인가요."

"그래."

나는 내 말을 곱씹고 있는 우마에게 보란 듯이 고개를 끄덕였다…… 가, 그대로 잡혔다.

양쪽 뺨을 말이지.

"왜 그래, 랑이야?"

"……성훈이는 또 그렇게 말을 하는 것이느냐."

야, 그렇다고 내가 여기서 '그건 내가 상냥한 사람이기 때문이지. 어때, 반할 것 같냐? 우하하하하.'라고 말할 수는 없잖아?

실제로 상냥한 사람인지 아닌지는 둘째 치고.

나는 너만 알아주면 그걸로 만족한다는 마음을 담아 랑이에게 미소를 지은 채, 아직 할 말이 있어 보이는 사랑스러운 입술을 왼손 검지로 지그시 누르고는 우마에게 말했다.

"대답은 이 정도로 됐지?"

"예."

"그러면 알려 줘."

나는 우마에게 말했다.

"염라가 너희들에게 화를 냈던 이유가 도대체 뭐야?"

깊게 심호흡을 반복한 후, 우마가 말했다.

"저희들이 염라대왕님께 업경을 통해 망자들의 삶을 되돌아보는 일은 망자의 죄를 심판하기 어려운 경우에만 한해 달라고 고했기 때문이에요."

잠시 할 말을 잃었던 나는 랑이가 내 손가락을 입에 집어넣었을 때야 겨우 입을 열 수 있었다.

"……그게 끝?"

"예."

"…………진짜?"

"예."

"………………정말로?"

"예."

뭐야, 마마가 했던 말하고 다를 게 없잖아?

도대체 그게 왜 화를 낼 만한 일이야?

"저희도 요괴의 왕님과 같은 생각이었죠."

내 질문에, 우마는 씁쓸한 미소를 지으며 말을 이었다.

"하지만 염라대왕님께서는 다르셨어요."

우마가 말하길.

염라대왕은 분노했다.

"이 멍청이들!! 너희는 지금까지 내 옆에서 무엇을 보고! 무엇을 듣고! 무엇을 배운 거야?!"

염라대왕의 작은 체구에서 뿜어져 나오는 위압감에 우두마면과 마두마면은 제대로 서 있을 수도 없었다.

아니, 두 다리가 버틸 수 있었더라도 염라대왕의 앞에 엎드려 빌었을 테지만.

염라대왕의 발밑에 엎드려 고개를 깊게 숙이고 그저 바들바들 떨며 눈물까지 맺힌 마두마면에게 무엇인가를 바라는 건 사치.

악귀나찰조차 지금의 염라대왕을 보면 벌벌 떨며 도망칠 정도였으니까.

실제로 저 멀리 도망치는 것들이 악귀나찰이 아닌가?

그럼에도 우두마면은 용기를 내 고개를 들었다.

발설지옥의 그 누구보다 염라대왕을 오래 모셔 왔다. 모두가 두려워하는 그녀와 사소한 농담을 주고받을 정도로 오랜 친분을 쌓아 온 만큼, 그만큼 그녀를 이해한다고 생각했다.

"염라대왕님, 저희는……."

"입 닥쳐!!"

하지만 그 시간이 보상받는 일은 없었다.

"내가 누구인지 말해 봐! 너희들이 모시고 있는 내가! 누구인지 말해 보라고!"

""지옥을 다스리는 시왕 중의 한 분이시며 발설지옥의 판관이신 염라대왕님이십니다.""

우두마면과 마두마면의 목소리가 하나가 되었으나, 그것이 염라대왕의 노기를 사그라뜨리지는 못하였다.

"그래! 내가 염라대왕이다! 바로 내가 발설지옥을 찾아온 망자들의 죄를 심판하는 염라대왕이야! 그런데, 뭐? 업경을 통해 망자들의 삶을 살펴보는 것을 금하라고? 지금 그걸 말이라고 하는 거야?!"

그 말에 덜덜 떨고만 있던 마두마면이 용기를 내 고개를 들었다.

비록 처음으로 마주하는 염라대왕의 분노로 인해 갈색 피부가 창백하게 질려 있었지만.

"하지만 염라대왕님은 업경으로 망자들의 삶을 보면서 너무 마음 아파하잖아."

"닥쳐라, 마두마면!"

염라의 불호령에도 마두마면은 마음속에 남은 마지막 용기까지 그러모아 입을 열었다.

"나는 봤어! 염라대왕님이 업경을 통해 망자들의 삶을 보고 우는 걸! 착한 사람인데 길을 잘못 들었다고 펑펑 울었……."

"입 닥치라고 했어!"

한층 더 노기를 띤 염라대왕이 외쳤다.

"내 눈물이 무엇이 중하다고! 그딴 게 무슨 의미가 있냐?! 하! 백 명의 악인을 놓쳐도 한 명의 무고한 이를 만들어서는 안 되는 것이 나의 일이며 나의 업이다! 내가 단 한 번이라도 잘못된 선고를 내린다면! 그 영혼은 상상도 못할 고통 속에 영겁과 같은 시간을 보내야 한다는 걸 모르는 거야?! 자신의 억울함을 들어줄 이 또한 없다는 건 생각도 안 해?! 단순히 내가 힘들다는 이유만으로 그들에게 그런 끔찍한 고통을 겪으라는 거냐?!"

지금 입을 열어 봐야 염라대왕의 화를 살 것이 분명하다. 그럼에도 불구하고 우두마면은 고개를 들었다.

"하지만 염라대왕님. 염라대왕님께서는 지금까지 단 한 번의 실수 없이 공명정대하게 망자들을 심판하셨……."

쿵!

"그렇기에!"

염라대왕이 발을 구르는 것만으로 천지를 진동시키며 노성을 토해 냈다.

"그렇기에 너희들에게 화가 나는 거다! 이 멍청한 놈들! 너희들은 나를 모신다고 하면서, 너희들의 손으로 나를 망치려 들고 있으니까! 내가 지금까지 실수하지 않을 수 있었던 것은, 그들의 삶을 내가 보고! 듣고! 직접 느꼈기 때문이야! 그런데, 뭐? 망자들의 죄가 명확하지 않을 때만 업경을 쓰라고? 삶이 그렇게 백과 흑으로 나눠질 리 없잖아! 이 바보들! 내가 너무 너희들을 아꼈구나! 이 모자란 것들 같으니! 꼴도 보기 싫다!"

우두마면과 마두마면은 감히 고개를 들 수 없었다.

그렇게 얼마나 시간이 흘렀을까.

그 둘의 체감상 지금까지 살아온 삶보다 몇 배나 더 긴 시간이 흐른 것 같았다.

그때였다.

"하아……."

염라대왕의 허탈함이 가득 담긴 한숨과 함께.

"일단 고개 들어."

노기가 채 가라앉지 않은 염라대왕의 목소리가 우두마면과 마두마면의 귀에 닿은 건.

그럼에도 우두마면과 마두마면은 자신의 머리를 짓누르고 있는 두려움을 떨쳐 낼 수 없었다.

"고개 들라고 했어."

더한 두려움에 억지로 고개를 든 우두마면과 마두마면을 향해 염라대왕이 말했다.

"앞으로, 앞으로 다시는 그런 말을 하지 마. 알겠어?"

"""예!!"""

서로 약속이라도 한 듯이 우두마면과 마두마면은 한 목소리가 되어 외쳤다.

그 모습을 본 염라대왕은 다시 땅이 꺼질 듯한 한숨을 쉬고서, 슬쩍 먼 곳을 바라보고는 우두마면과 마두다면에게 손을 내밀며 말했다.

"자."

우두마면과 마두마면은 염라대왕이 내민 손이 어떠한 의미인지 알 수 있었다.

하지만 우두마면과 마두마면은 감히 염라대왕의 호의를 받아들일 수 없었다. 그러기에는 그녀들의 자책이 너무나 컸다.

지금껏 염라대왕이 자신들에게 역정을 낸 적은 단 한 번도 없었다.

그런 염라대왕을 실망시켰다.

그런 염라대왕의 화를 샀다.

자신들의 잘못을 알고 있는데, 어찌 감히 염라대왕의 손을 잡고 일어나겠는가?

그 죄책감은 상상할 수 없을 만큼 컸다.

그렇기에 우두마면과 마두마면이 선택할 수 있었던 것은.

"아니에요, 염라대왕님!"

"죄송합니다, 염라대왕님!"

다시금 땅에 머리를 박고 염라대왕에게 용서를 비는 것뿐이었다.

"……."

그렇기에, 그때 염라대왕이 어떠한 표정을 짓고 자신들을 바라보는지, 우두마면과 마두마면은 알 길이 없었다.

나는 우마에게 말했다.

"……지금 도대체 누구하고 있었던 이야기를 한 거야?"

"염라대왕님이요."

"……정말 염라하고 있었던 일이 맞느냐?"

"예."

나와 랑이는 한마음 한뜻이 되어 의심이 가득한 시선으로 우마를 바라보았다.

우마가 변명이라도 하듯이 급히 입을 열었다.

"염라대왕님께서는 약주를 드시면 성정이 많이 변하시는 분이세요. 그때는 업무를 보고 계시던 중이라 약주 한 모금도 입에 대지 않으셨고요."

"……그러냐."

"……믿을 수 없느니라."

우마가 곤란해하며 나와 랑이에게 말했다.

"정말이에요."

……뭐, 평소에는 멀쩡하게 보이는 사람이 술에 취하면 개차반이 되는 경우도 있다고 하니까 믿어 주자.

우마한테 물어볼 것도 있으니까.

"뭐, 그건 그렇다 치고."

"정말인데요……."

어른답지 않게 풀이 죽은 우마의 모습은 알 수 없는 보호 욕구를 이끌어 냈지만, 지금은 해야 할 일이 있죠.

"믿어 주세요……."

일단 할 일은 뒤로 미루자.

"알았어. 믿어 줄 테니까."

그제야 우마가 기운을 차렸다.

……이런 성격의 연상은 처음이라, 조금 당혹스럽긴 하지만.

그보다 물어볼 게 있지.

"어쨌든, 그 일 때문에 지금도 염라를 어려워하는 거야?"

그 말에 우마가 아픈 곳을 찔린 것 같은 표정과 순한 눈망울로 나를 바라보며 작은 목소리로 말했다.

"……그렇게 티가 났나요?"

이럴 때 대놓고 긍정하기에는 내 마음이 너무 여리다.

"응! 많이 났느니라!"

이런 말이 있지.

어린아이는 순수하기 때문에 잔인해질 수 있다고.

"……."

자신의 악의 없는 말에 고개를 푹 숙이고 어깨를 움츠린 우마를 보고, 랑이는 허둥지둥 말했다.

"그, 그건 나쁜 것이 아니니라! 오히려 티가 나지 않으면 그게 더 나쁜 것 아니겠느냐? 자신의 마음을 속이는 꼴이 되니!"

그래 봤자 땅에 구멍을 파고 있는 우마가 고개를 들 리가 없지만. 여차하면 뿔로 구멍을 뚫을 기세네.

"으냐아아……."

곤란해하는 랑이가 내게 도움을 요청하는 시선을 보낸다.

그래, 그래. 나도 가만히 있을 생각은 아니었다.

나는 랑이의 머리를 쓰다듬어 주고서 우마에게 말했다.

"어쨌든, 이번에는 내가 대답해 줄 차례지?"

왜, 우는 아이를 달랠 때는 울지 말라고 하는 것보다 다른 쪽으로 관심을 돌리는 게 좋잖아?

"아…… 그러네요."

아이가 아닌 어른에게도 충분히 효과가 있는 방법이라는 게 우마를 통해 증명됐다.

우마도 마냥 침울해 있을 수는 없었겠지. 다름 아닌 염라와 관계된 일이니까 말이지.

"염라대왕님께서 무슨 부탁을 하신 거죠?"

"별거 아니야."

염라와 했던 거래 내용을 숨길 필요는 없겠지. 그래야 우마의 반응을 살필 수 있을 테니까.

"염라는 너희와 다시 친하게 지낼 수 있는 방법을 가르쳐 달라고 했다."

확신은 가지고 있지만 확인은 안 했기에 단순한 내 가설이지만 말이야.

나는 일부러 그렇게 말했다.

그 편이 우마의 반응을 이끌어 내기 좋을 테니까.

자, 그러면 우마는 어떤 반응을 보일까?

기뻐할까? 당황할까? 곤란해할까?

하지만 우마가 보인 반응은 예상했던 보기 중 아무것도 아니었다.

"……염라대왕님께서요?"

커다란 눈을 깜빡이며 믿을 수 없다는 듯이 나를 바라보았으니까.

"왜? 못 믿겠어?"

우마는 조심스럽게 고개를 끄덕였다.

그 모습을 보고 랑이가 두 팔을 번쩍 들며 목소리를 높였다.

"성훈이는 거짓말 같은 건 안 하느니라!"

한다.

아주 잘한다, 랑이야.

틈만 나면 한다.

지금 입 다물고 있는 것도 어떻게 보면 거짓말의 일종이니까 말이지.

"하지만……."

우마가 곤란해하며 말을 잇지 못한다.

왜 그러지?

"왜, 무슨 일이라도 있었어?"

내 말에 우마는 조심스레 고개를 끄덕였다.

"말해 줄 수 있냐?"

생각에 잠긴 우마는, 잠시 후.

힘겹게 입을 열었다.

"저희들이 실수를 저지른 뒤, 200년쯤 시간이 지나고서 있었던 일이에요."

……이 녀석들은 시간 개념이 인간의 범주와 다르군.

그렇게 생각하면서도 나는 고개를 끄덕였다.

"그동안 저와 마두마면은 저희가 저지른 실수를 만회하기 위해 많은 노력을 했어요."

우마의 말에 따르면, 이 녀석들이 한 노력은 눈물 없이는 볼 수 없는 고행의 연속이었다고 한다. 다른 지옥의 시왕들이 마마와 우마를 칭찬하며 자신의 부하들에게 본받으라 할 정도였다고 하니, 말 다했지.

"하지만 저희가 한 노력이 염라대왕님이 보시기에 부족했는지……."

우마가 자신의 어깨를 두 손으로 끌어안으며 덜덜 떨면서 말을 이었다.

"염라대왕님께서는 종종 저와 마두마면을 무서운 눈으로 바라보시며, 화를 참기 위해 애쓰시는 듯 주먹을 쥐었다 펴시는 걸 몇 번이나 계속하셨어요. 그때마다 저희는 염라대왕님의 발치에 엎드려 용서를 빌어야 했죠. 그리고 더욱더 염라대왕님의 마음에 들기 위해 노력했고요. 하지만 그럴수록 염라대왕님께서 화를 참으시는 일은 늘어만 나셨고요."

이상하다.

염라가 그럴 녀석으로는 안 보이는데.

그렇다면…….

"그러니 요괴의 왕님께서 염라대왕님께서 저희와 친하게 지내시고 싶어 하신다고 말씀하셔도 말이죠. 사실이라면 정말 기쁜 일이지만……."

"야, 잠깐만."

나는 우마의 말을 끊었다.

"혹시 말이다. 염라대왕은 두 명이냐?"

모든 가능성을 염두에 두고 꺼낸 말에, 우마는 정색을 했다.

"발설지옥을 다스리시는 염라대왕님은 유일하십니다."

기분 탓인지, 우마의 머리에 달린 뿔이 더욱 크고 두꺼워진 것 같다. 한마디라도 더 하면 저 뿔이 나를 노릴 것 같은 분위기다.

나는 급히 손을 휘저으면서 우마에게 말했다.

"아니, 내가 본 염라는 그런 일을 그렇게까지 마음에 담아 둘 것 같은 성격은 아닌 것 같아서."

우마가 슬쩍 내 시선을 피하며 기어가는 듯한 목소리로 말했다.

"……염라대왕님께서는 섬세하신 분이니까요."

아, 그러니까 좀생이라는 거지?

그렇게 말했다간 우마가 더 성을 내겠지.

"뭐, 알았다. 자세한 건 내가 알아서 확인해 볼게."

내 말에 우마가 깜짝 놀라하며 말했다.

"설마 지금 이야기를 염라대왕님께 말씀드릴 건가요?"

나는 고개를 저어 우마를 안심시켰다.

"휴우……."

가슴에 손을 대고 한숨을 내쉬는 우마의 모습이 어딘가 요염해 보이는 건 둘째 치고.

지금 나눴던 이야기를 염라에게 말하면, 일은 간단하게 끝나겠지.

하지만 그런 거친 방법은 솔직히 내 취향이 아니다.

마마와 우마가 곤란해질 가능성이 있으니까 말이야.

우마의 말대로 염라가 좀생이…… 가 아니라, 생각도 조심하자. 자칫 잘못하면 염라 앞에서 대놓고 '너 좀생이라며?'라고 말할 수 있으니까.

다시 돌아와서.

염라대왕이 섬세한 성격이라면 왜 그런 속마음을 자신에게 털어놓지 않고 내게 말했냐고 섭섭해할 가능성도 없지 않아 있다.

……무엇보다 그런 식으로 이 녀석들과 관계가 회복되면 내 입장이 곤란해지지.

내가 단순한 전서구 역할에 머물게 되니까 말이다.

그러니, 그 방법은 쓸 수 없다.

염라와 마마와 우마에게 있어서는 미안한 일이고 나답지 않은 일이라 할 수 있지만…….

세희를 되찾기 위해서는 염라와의 거래가 정말 중요한 일이니까 어쩔 수 없다.

그렇기에.

"너도 염라한테 확인하려고 하지 말고."

우마가 먼저 염라에게 손을 내밀지 못하게 못을 박아 놓자.

"예?"

우마가 의아해하는 표정으로 말을 이었다.

"왜 그래야 하죠? 요괴의 왕님의 말씀이 사실이라면 저희가 염라대왕님께 먼저 다가가는 게 맞지 않을까요?"

"아닐 때는 어떻게 하게?"

우마의 눈이 동그래졌다.

"저한테 거짓말을 하신 건가요?"

"아니."

더더욱 눈이 동그래진 모습을 보니, 나보다 연상이라는 게 믿기지가 않는다.

나한테는 좋은 일이지만.

"하지만 사실을 있는 그대로 말한 것도 아니지."

나는 우마에게 염라가 내게 했던 진짜 부탁이 무엇인지 말했다.

내 이야기를 들은 우마는 잠시 생각에 잠겼다가, 내 쪽을 향해 허리를 숙이며 말했다.

"그러면 왜 그렇게 말씀하신 거죠?"

내 주변에 머리가 좋은 애들만 있어서 그런지, 우마의 가슴이 탁자에 짓눌린다…… 가 아니라 코가 으쓱해진다.

그렇다고 자만심을 가지기에는 가슴에서 눈이 떨어지지 않으니 허리를 좀 펴 줬으면 좋겠는데…… 도 아니고!

젠장.

나는 다시금 마음의 정리를 위해 랑이의 머리 위로 고개를 숙였다.

"우응?"

내 손가락을 사탕처럼 빠는 데 집중하고 있는 랑이의 순진무구한 모습을 보니 집중력이 회복되는군.

좋아.

"요괴의 왕님?"

나는 우마의 질문에 답했다.

"그 편이 네가 염라를 어떻게 생각하고 있는지 알기 편하니까."

"그럴 필요가 있었나요?"

"그래."

나는 의아해하는 우마에게 설명을 덧붙였다.

"네가, 아니 너하고 마두마면이 염라와 다시 친하게 지내고 싶어 하지 않으면, 염라한테 조금 더 때를 기다리는 게 좋겠다고 말해야 하니까."

내 말에 우마가 안색을 굳히고서 힘 있게 말했다.

"그럴 리가 없잖아요? 저희야말로 염라대왕님과 어떻게든 관계를 회복하고 싶어 한다고요!"

나는 어깨를 으쓱하며 말했다.

"염라를 무서워하는 티를 팍팍 내는 네가 할 말이 아니지."

내 말에 우마가 몸을 뒤로 하며 표정을 찡그렸다.

"그, 그건……."

고개를 숙인 우마가 기어들어 가는 목소리로 말을 이었다.

"염라대왕님께서 화나셨을 때 얼마나 무서운 분이신지 요괴의 왕님께서 모르시기 때문이에요. 그때의 일을 떠올리기만 해도 몸이 덜덜 떨리는걸요."

알고 싶지도 않고 그런 일도 없기를 바라지만, 그렇게 무서울 것 같지는 않은데?

무엇보다.

"아까 이야기했을 때는 괜찮았잖아?"

자기가 한 말과 행동이 다르다고.

그 점을 언급하자 우마가 얼굴을 붉힌 채 고개를 숙여 위험하게 보이는 뿔을 내게 향하며 말했다.

"그, 그건 요괴의 왕님이 계시니까 그런 거고요."

반인반선 강성훈에게도 봄이 오는가!

그런 생각을 할 정도로 나는 자의식 과잉이 아니다.

"아, 그래. 내 영성에는 너희들을 편하게 해 주는 효과가 있다고 했었지."

내 말에 우마가 고개를 끄덕였다.

"뭐, 그래. 그건 그렇다 치고."

나도 모르게 또 이야기가 엇나갔으니 되돌려야지.

"어디까지나 내 생각이지만, 염라가 너희들하고 다시 친하게 지내고 싶어 하는 건 사실일 거야."

기운을 차린 우마가 입을 열기 전에.

"그러니까 너희가 먼저 염라에게 말을 하지 말라는 거다."

"왜죠?"

나는 짐짓 그러면 곤란하다는 듯 말을 이었다.

"염라가 마음먹은 일이니까. 그런데 너희가 먼저 나서면, 염라의 결심에 초 치는 것밖에 안 되잖아."

"그건……."

"최대한 빨리 염라와 다시 친해지고 싶다는 네 마음은 이해해. 하지만 지금은 염라의 마음을 존중해 주는 게 먼저 아닐까? 이럴 때 네가 먼저 다가서면, 뭐랄까. 염라가 너희를 위해 몰래 준비한 선물을 주기도 전에 들키는 꼴이 되잖아."

"아…… 그렇군요. 그건 생각 못했네요."

어쩜 그리 생각이 깊으냐는 듯, 존경 어린 눈으로 날 바라보는 우마를 보고 있자니…….

야, 양심의 가책이 느껴집니다.

하지만 나는 최대한 열심히 표정 관리를 하고 말했다.

"그러니까, 마두마면에게도 자세한 설명은 하지 말고 넌지시 이야기만 해 줬으면 좋겠어. 염라가 다시 너희들과 친하게 지내고 싶어 하는 눈치 같다고 말이지."

다행히 우마는 나를 통해 염라의 마음을 알게 된 게 기쁜지, 내 안색을 살필 겨를이 없어 보였다.

"예! 맡겨만 주세요!"

그렇지 않다면, 지금처럼 환하게 웃을 리가 없으니까.

나와 달리.

"그러면 저는 마두마면에게 이야기하러 가 보겠어요."

다행이 마음이 급해 보이는 우마는 내게 큰 신경을 못 쓰고 있지만.

"그래."

내 대답을 듣고 자리에서 일어난 우마는 허리를 깍듯이 숙여 인사를 한 뒤, 가벼운 걸음으로 방을 나섰다.

"하아……."

동시에 내 입에서는 나지막한 한숨이 흘러나왔고.

그런 나를 올려다보며 랑이가 말했다.

"왜으렁느냥, 성훙아."

……나는 랑이의 입에서 침으로 범벅이 된 손가락을 빼서 옷에 쓱쓱 닦으며 말했다.

"뭐가?"

"일이 잘 풀렸는데 표정이 어둡지 않느냐?"

손가락을 빨면서도 이야기에는 집중하고 있었나 보다. 그 사실이 기특해서 나는 왼손으로 랑이의 머리를 쓰다듬으며 말했다.

"뭐, 내 형편 때문에 저 녀석들을 속인 꼴이 됐으니까."

"응? 우두마면에게 거짓말을 한 게 있느냐? 그런 느낌은 안 들었는데 말이니라."

"그런 건 아니고……."

나는 우마가 염라대왕을 만나 얘기를 꺼내지 못하게 막은 이유를 설명했다.

내 이야기를 다 들은 랑이는 고개를 흐뭇한 표정을 짓고는 애교 넘치는 고양이처럼 내 가슴에 몸을 비비며 말했다.

"성훈이는 생각이 너무 깊으니라."

다른 애들, 특히 세희가 들었다면 배꼽을 잡고 웃을 이야기를 진지하게 한 랑이에게 나는 되물었다.

"내가?"

"그렇느니라."

랑이가 손을 들어 내 두 뺨을 어루만지며 말했다.

"누구 하나 손해 보는 이도 없으니 괜찮은 것 아니느냐?"

"……있다면 있지."

염라와 우두마면과 마두마면.

이 셋이 관계를 회복할 시간을 늦춘 꼴이 되었으니까.

하지만 랑이는 고개를 저었다.

"성훈이의 말대로 그건 염라의 마음을 존중해 주기 위한 일이었느니라."

"그건 핑계지."

"아니니라."

랑이가 딱 잘라 말했다.

"그건 분명 성훈이의 진심 중 하나였느니라."

랑이가 나를 정면에서 바라보며 말했다.

"너와 마음이 이어져 있는 내가 장담하느니라. 그러니 나를 믿고 괜한 생각 같은 건 하지 말거라, 성훈아. 네가 그러면 내 가슴도 따끔따끔해지느니라."

……이 녀석은 언제 이렇게 어른스러워진 걸까.

그 사실이 대견하면서도, 조금은 씁쓸한 기분이 들었다.

랑이가 조금씩 어른의 계단을 오르고 있는 것 같아서 말이다.

……아니, 그런 의미가 아니라.

정신적인 성숙을 이야기 하는 거다, 정신적인 성숙.

"성훈아? 왜 그러느냐? 또 무슨 걱정거리라도 있느냐?"

정신적인 성숙을 이루었지만, 내 바람 때문에 어린아이로 있는 랑이가 나를 올려다보며 머리카락으로 물음표를 만들었다.

"아니, 그런 거 아니야."

나는 랑이를 두 팔로 꼬옥 안으며 그 귀에 속삭였다.

"그냥 너무 고마워서 그랬어."

내 작은 소망을 이루어 주고 있는 랑이 또한 나를 꼬옥 끌어안으며 말했다.

"나도 언제나 네가 곁에 있어 줘서 고마우니라."

그렇게 나와 랑이는 한동안 서로의 체온을 나누었다.

이승의 다섯 번째 이야기

"아우우우, 그러니까 너무 무리한 거예요."

자신의 머리에 올려놓은 수건을 갈아 주는 치이를 바라보며 페이가 **말했다.**

"이런 거라도 해 주고 싶었음."

지금 페이는 연기로 글을 쓰는 것조차 힘든 지경이라는 말.

치이는 소꿉친구이자 은인인 페이의 손을 꼬옥 잡으며 말했다.

"힘들면 요술을 풀어도 되는 거예요."

인간으로 변하는 요술은 아주 적은 양의 요력을 필요로 한다. 하지만 적은 양이나마 요력이 필요하다는 것 역시 사실. 그렇다면 요술을 풀고 그 적은 요력이나마 아끼는 것이 지금의 페이에게는 나을 터였다.

"싫음."

하지만 페이는 거절했다.

"성훈을 조류 성애자로 만들고 싶지 않음."

그것도 엉뚱한 이유를 대면서.

치이의 입장에서는 그저 한숨만 나올 뿐이다.

"그러니까 페이가 아니더라도 어른을 모셔 왔으면 되는 일이었던 거예요."

하지만 페이는 치이가 만류할 틈도 없이 저승의 문을 열었다.

"성훈 못 봤음?"

그때의 일을 떠올린 치이가 귀 위 머리카락을 부르르 떨며 말했다.

"……하긴, 그렇게 화내는 오라버니는 오랜만에 본 거예요."

랑이 덕분에 어떻게 진정시킬 수 있었지만.

치이는 그 점이 살짝 부러웠다.

자신도 조금 더 오라버니의 힘이 되어 주고 싶다.

물론 이런 이야기를 하면 성훈은 개구쟁이 같은 미소를 짓고는 자신을 실컷 놀린 다음에 포근하게 안아 주겠지.

그리고 페이는 자신이 힘든 와중에도 침울해진 치이를 눈치챌 정도로 상냥한 아이였다.

"그리고 이건 점수 딸 수 있는 기회였음. 성훈이 돌아오면 응기잇 직행임."

다만 그 상냥함을 이상한 방식으로 풀어 보일 뿐.

"아우우우? 무슨 말을 하는 건지 모르겠는 거예요."

"이런 거임."

페이가 있는 힘껏 연기를 불러 일으켜 떨리는 손으로 허공에 그림을 그리기 시작했다.

페이가 무리하는 게 걱정이 되어 말리려던 치이였지만.
“힘도 없으면서 또 뭘 그리…… 꺄우우우!!”
거칠게 그려진 그림을 보고 나서는 말리는 이유가 달라졌다.
자기도 모르게 페이의 머리에 꿀밤을 먹일 정도로.
“아파!”
두 손으로 이마를 감싸 안는 페이에게 미안한 감정이 없다면 거짓말이다.
하지만.
“그러니까 이상한 거 그리지 않으면 되잖아요! 오라버니하고 그, 그렇게! 나, 남사스럽게! 얽혀 있는 걸 그린 페이가 잘못한 거예요!”
“이상한 거 아님! 서로 사랑하는 사이라면 당연한…… 콜록콜록!”
하지만 잘잘못을 따지는 마음도 페이가 격한 기침을 터트리자 눈 녹듯 사라졌다.
“괜찮은 건가요?”
“치이가 때려서 이런 거임.”
농담을 하는 걸 보니 괜찮은 것 같긴 하다.
그렇다고 걱정이 사라지는 건 아니지만.
“냥이 님에게 말씀이라도 드려 볼까요?”
“하면 안 됨. 지금 냥이도 힘들 거임.”
성훈과 랑이와 세희의 빈자리를 혼자서 채우고 있으니까.
더불어 요괴넷의 관리까지 말이다.

"아우우우…… 그러면 바둑이한테라도……."

"……말 걸 수 있음?"

"……."

치이와 페이는 누가 먼저라고 할 것 없이 환기를 위해 열어 둔 문밖을 바라보았다.

그곳에는 본래의 모습으로 변한 채, 온몸에서 투기를 발산하며 이를 드러내고 있는 바둑이가 있었다.

랑이와 세희의 부재가 언제 어느 때든 천하태평하게 지냈던 바둑이에게도 영향을 끼친 것이다.

누가 뭐래도, 지리산에 머무는 가족들 중 손꼽히는 전력이 비어 버렸으니까.

"무, 무섭지만 페이를 위해서 할 수 있는 거예요!"

그렇게 말하는 치이의 귀 위 머리카락은 쉴 새 없이 파닥이고 있었다.

성훈이라는 울타리 안의 가족이라 한들, 치이와 페이는 힘이 약한 요괴. 강한 투기와 함께 요력을 내뿜고 있는 바둑이에게 두려움을 느끼는 건 어쩔 수 없는 일이었다. 오히려 그런 바둑이와 가까이 있음에도 힘들어 하지 않고 있다는 걸 칭찬해 줘야 할 일이겠지.

다른 의미로 힘들어하고 있는 페이가 말했다.

"죽는 것도 아니니 걱정 노노함."

"그래도……."

"괜찮음. 진짜임. 속이는 거 아님."

"아우우우."

치이는 걱정이 너무 많아.

페이는 안절부절못하는 치이를 따듯한 눈으로 바라보았다.

이러니까 지금까지 친구로 지낼 수 있었던 거겠지.

그렇다 한들, 페이는 치이가 자신 때문에 마음 고생하는 것을 보고 싶지는 않았다.

"그보다 배고픔. 빵 없음?"

그래서 슬쩍 던져 본 떡밥이었지만.

"그러면 죽 끓여 오는 거예요!"

치이는 그야말로 먹이를 노리는 매처럼 떡밥을 물고 날듯이 부엌을 향해 달려갔다.

"……빵이 좋은 거임."

그 모습을 보며 페이는 작은 불만을 토하고 난 뒤에야.

"아고고."

참고 참은 신음을 토해 낼 수 있었다.

조금이라도 성훈에게 도움이 되고 싶었던 마음으로 무리한 일을 한 건 사실이다.

자신이 아니더라도, 까마귀 요괴라면 힘들지언정 저승의 문을 열 수는 있다.

물론 나래를 통해 까마귀 요괴를 부르는 방법이 더 좋은 방법이었을 거다.

하지만 페이는 아직 성훈에게 받은 사랑, 그 누구보다도 원했던 둥지와 인연을 선물받은 보답을 하지 못했다.

은혜 갚은 까치도 있는데 까마귀라고 있지 말라는 법은 없잖음?

그래서 페이는 무리했고, 무리하며 몸을 일으켰다.

치이가 잠시 자리를 비운 틈에, 나래에게 부탁받은 일을 하기 위해서.

페이는 휴대폰을 꺼내 들었다.

얼마 지나지 않아 상대가 전화를 받은 것을 확인한 후, 페이가 말했다.

"……아빠, 잠깐 괜찮음?"

저승의 여섯 번째 이야기

"흠냐, 흠냐……."

우마가 차려 온 저녁을 먹은 지 얼마 지나지 않아, 랑이는 볼록 솟아오른 배를 어루만지며 잠에 빠져들었다.

아직 잠들기에는 이른 시간이라고 생각하지만, 잘 자는 아이가 잘 큰다는 말도 있잖아?

……성인이 된 랑이의 모습을 알고 있는 내게는 별 소용없는 이야기 같지만.

"으으으……."

그런 생각을 하고 있자니, 갑자기 랑이가 신음을 흘리며 잠자리를 뒤척이다가 이불을 끌어안고는 반대쪽으로 몸을 돌렸다.

마치, 몸의 앞쪽을 보여 주기 싫다는 듯이.

……민감한 녀석.

나는 피식 웃고, 귀여운 랑이의 엉덩이를 툭툭 두드려 줄까 생각했지만.

—드르륵.

바깥문이 열리는 소리에 생각을 바꿨다.

"있어어?"

나는 문 너머에서 들려오는 나른한 목소리에 대답했다.

"있다."

"잠깐 괜찮아아?"

잠깐이 잠깐이 아니게 될 것 같지만, 거절할 이유는 없지.

염라와는 거래 내용으로 할 이야기가 있고, 그게 없다 해도 만나서 나쁠 건 없으니까.

"잠깐만."

나는 잠들어 있는 랑이의 머리를 한 번 쓰다듬어 준 뒤, 안쪽 문을 열고 나갔다.

거기에는 탁자에 앉아서 다리를 휘젓고 있는, 얼굴이 살짝 붉어져 있는 염라가 있었다.

향기로운 술 냄새가 풍기는 걸 보니, 아무래도 여기 오기 전에 벌써 한잔한 것 같다.

아침에도 마시고 밤에도 마시고, 너 그러다 간 나빠진다.

"술 마셨냐?"

"쪼오그음."

염라가 엄지와 검지를 맞닿을 정도로 붙이며 애교 있는 미소를 지었지만, 참으로 놀랍군!

귀엽기는커녕 짜증 난다는 생각이 먼저 들었으니까.

……귀엽긴 합니다만.

"많이 마셨으면 들어가서 자는 게 좋을 것 같은데."

"말했잖아아~ 요괴의 와앙, 쪼오그음 마셨다고오."

"네 기준으로 쪼오그음이겠지."

염라는 거짓말을 안 한다고 했으니까.

"에헤헷~ 들켰다아아."

염라가 윙크를 하며 한쪽 손을 들어 자기 머리에 살짝 꿀밤을 먹였다.

나한테 시켜 주면 아프게 때려 줄 자신 있는데.

나는 한숨을 쉬고 맞은편에 가서 앉았다.

"일은 다 하고 온 거야?"

"오늘 신나게 놀았다면서어? 부러워라아아."

너무나 자연스럽게 자기 할 말을 꺼내는 염라를 보니 일과 관련된 이야기는 하고 싶지 않은 것 같다.

뭐, 그렇다면 맞춰 드려야지요.

"뭐, 마…… 아니, 마두마면이 잘 안내해 줘서 재밌게 놀 수 있었다."

한군데는 못 가게 막았지만.

"그래애?"

나는 흐뭇하게 웃는 염라에게 말했다.

"나중에 시간 날 때 칭찬이라도 해 줘."

"내애가 일하고 있으을 때 신나게 놀았는데 내애가 왜에?"

마음에도 없는 소리를 하고 있는 게 표정에 다 드러나네.

"뭔 소리냐. 나하고 랑이가 엄한 곳에 돌아다니지 못하도록 막는 게 마두마면의 일이었잖아. 제대로 일했다고."

염라가 살짝 눈에 힘을 주며 말했다.

"그것 말고도오 다른 거 있었거드은?"

"뭔데?"

"내애 거처에 이상한 놈드을이 들어오지 못하도록 감시하는 거어?"

……그래서 성벽에 있었던 건가.

"뭐, 그건 돌아다니면서 이상한 사람이 있나 확인해 봤다고 생각하면 되잖아."

"헤에에."

염라가 탁자 위에 엎드린 뒤, 살짝 아래로 흘러내린 관을 고쳐 쓰고는 고개만 들어 이쪽을 바라보면서 말했다.

"요괴의 와앙이 그렇게 감싸 주는 거얼 보니까 마두가 꽤 마음에 들었나 봐아?"

나는 솔직히 말했다.

"귀엽잖아. 활기차기도 하고."

"나아하고 다르게 말이지이?"

염라가 무슨 의도로 마마와 자신을 비교하는지 잘 모르겠네. 우리 집 아이들이라면 어리광을 부린다고 생각했겠지만 말이야.

그래서 난 생각나는 대로 말했다.

"어."

"우와아."

염라가 두 손을 탁자 위에 쭈욱 피면서 고개를 옆으로 돌렸다.

"충겨어억."

어디가 충격받았는지 모를 염라가 말을 이었다.

"그럴 때에는 거짓말이라도 아니라고오 말해 줘야 하는 거 아니야아?"

"네가 그런 말 하면 안 되잖아."

"이 정도 선의의 거짓말은 괜찮습니다아~"

"아, 그래."

나는 짐짓 헛기침을 하고 염라에게 말했다.

"마두마면이 귀엽긴 하지만 염라가 더 귀엽지."

"으헤헷~"

엎드린 채 실실 웃는 게 귀엽기보다는 뭔가…….

20대 누나가 술에 취하지 않았지만 취한 척을 하며 남의 속을 떠보기 위해서 웃는 것 같아, 내 입장에서는 조금 멀리하고 싶어진다.

그것보다 내가 계속 맞춰 주다 보면 이런 잡담만 나누다가 자러 갈 것 같으니, 슬슬 화제를 꺼내 볼까.

"그래서 그 귀여운 염라대왕님께서는 이 야밤에 술까지 취해서 남의 방에는 무슨 일로 찾아오신 겁니까요?"

염라가 손가락만 까딱 세운 다음 말했다.

"그 말으은 조금 이상해애. 여기도 내애 궁의 일부인거얼."

"아, 그래."

"그리고 나안 술에 안 취했어어."

"어, 그래."

"갑자기 찾아온 것도오 아니고오."

"음, 그래."

제대로 일어나 앉은 염라가 퉁명스러운 목소리로 내게 말했다.

"……요괴의 와앙. 지금 내애 말, 제대로 듣고 있는 거 맞아아?"

"응, 그래."

염라가 고개를 푹 숙이고서 흘러내리는 관을 손으로 잡으며 말했다.

"……전혀 아니잖아아."

귀찮게.

"제대로 듣고 있다고."

그저 한 귀로 듣고, 얼쑤 절쑤 지화자! 추임새를 넣은 뒤, 다른 한 귀로 흘릴 뿐이지.

"그래서 왜 왔는데?"

"차가워라아아~"

염라가 앉은 의자가 말이 되었다.

"야, 그렇게 흔들면 위험해."

"괜찮아아."

그렇게 말한 염라는 보란 듯이 의자의 앞쪽 다리를 공중에 띄웠다.

……세현이 저 짓거리를 하다가 뒤통수가 깨졌지.

다행인 건, 염라는 그런 상태에서도 조금도 흔들리지 않은 채로 편안하게 앉아 있다는 거다.

이 녀석, 은근히 운동 신경이 좋은 걸지도 모르겠네.

"그보다아 혹시 무슨 좋은 일 같은 거언 없어어? 듣는 순가안 기분이 좋아지느은 일 같은 거 말이야아."

너무나 당연하다는 듯이 다시 화제를 돌리려 했지만, 여기까지 오면 나도 이제 오기가 생기기 마련.

"네가 나를 찾아온 게 좋은 일이라고 하면 좋은 일이지."

염라가 두 손으로 얼굴을 가리며 새된 비명을 질렀다.

"꺄아앗~ 요괴의 와앙은 바람둥이이~ 남자들은 모두 다아 늑대야아~ 나아한테 무슨 짓을 할 생가악?"

만약! 네가 내 이상형의 누님이었다면! 내 말이 그런 식으로 생각될 가능성이 아주우우우 조그으으음이라도 있겠지!

하지만 너는!

어린애일 뿐이다!

"헛소리 그만하고."

그래서 나는 딱 잘라 말했다.

"왜 온 거야? 심심해서 온 거면 대화 상대 정도는 돼 줄 수 있으니까 사실대로 말해."

"흐으응~?"

타닥, 하고 의자의 앞다리가 바닥에 닿는 소리가 났다.

"요괴의 와앙은 의외로 공사 구분이이 철저한 타이이입?"

염라는 내 말 속에 숨겨진 뜻을 확실하게 이해한 것 같다.

일전에 거래에 대한 건으로, 나와 염라의 관계는 상당히 미묘한 입장으로 변했으니까.

하지만 나는 그런 관계는 뒤로 미루기로 했다.

"……의외로는 뭔데, 의외로는."

"하지마안 요괴의 와앙은 어딜 봐도 사적인 감정이 우선일 것 같은거얼."

사람 잘 보셨습니다!

그렇기에 요괴의 왕의 업무를 냥이에게 떠맡기고 저승에 온 거죠!

……조금 변명을 해 보자면, 이건 공적인 일이기도 하다. 세희의 존재는 요괴의 왕 입장에서도 정말 중요하니까.

읽어 보진 않았지만 삼국지를 예로 들면, 삼고초은이었나? 유비가 제갈량을 군사로 맞이하기 위해 세 번이나 직접 찾아갔다가 결국 풀을 엮어 만든 함정으로 포획에 성공했다는 이야기.

……뭔가 섞인 것 같지만, 어쨌든 그런 거다.

요괴의 왕의 입장에서도 세희 같은 인재를 눈 뜨고 빼앗길 수는 없으니까.

"좋겠다아~"

하지만 그런 의문은 염라의 투정을 부리는 듯한 목소리에 씻겨 사라졌다.

"나아도 그렇게 생각해 주는 사람이 있었으면 좋겠는데에~"

마마와 우마에 대한 이야기를 꺼낼까 생각이 들었지만, 그건 나중으로 미루자.

혹여나 이야기가 잘못돼서 피해가 가면 안 될 테니까.

"그러면 노력을 해라. 노오려억 말이야."

세희는 나와 랑이와 아이들을 위해 정말 많은 일을 해 줬으니까 말이다.

비록 그 방식이 잘못되긴 했지만.

"흐으응~"

그런데 왜 넌 나를 흥미 있다는 듯이 보냐?

"요괴의 와앙은 말을 참 잘하는구나아?"

"내가?"

이야기를 하다 보면 언제나 논파당하기 일쑤인데?

"으응."

"왜 그렇게 생각하냐."

"은근슬쩌억 자기가 하고 싶은 쪽으로 이야기를 돌리고 있잖아아."

나는 잠시 생각했고, 왜 염라가 그렇게 받아들였는지 알 수 있었다.

염라는 내가 말한 이야기가 예전에 자신과 한 거래와 연관지었다고 생각한 거다.

"아, 일부러 그런 건 아니야."

그런 생각은 없었으니까.

"그랬어어? 사실 말이야아~ 나안 그 이야기를 하러 온 거였는데에. 다음으로 미룰까아?"

그러니까, 공적인 이야기를 하러 왔다는 거군.

난 찾아온 기회를 놓칠 생각은 없다.

마침, 염라의 혈색도 조금이나마 옅어졌고 말이지.

"이야기가 나온 김에 그냥 지금 하자."

염라가 괜히 말을 꺼냈다는 듯이 입술을 삐죽 내밀었지만, 나는 무시하고 말했다.

"그 뭐냐. 자연스럽게 스킨십하는 방법 배우기. 언제부터 시작할 거냐?"

염라의 숨겨진 소망을 이루어 줄 준비도 끝난 데다가, 세희의 재판이 열리기 전에는 해야 할 일이니까.

"으음~"

염라가 스르륵 옆으로 흘러내린 관을 고쳐 쓰며 말했다.

"지금 배울 수 있을까아?"

"나는 상관없다."

"그러면 말이야아, 요괴의 와앙."

그렇게 말한 염라는 술을 마신 사람이라고는 볼 수 없을 정도로 진지한 표정을 짓고는 총기 넘치는 눈동자로 나를 바라보며 말했다.

"어떻게 하면 자연스럽게 스킨십을 할 수 있어?"

나 역시 진지하게 염라를 바라보며 답했다.

"몰라."

"……."

"……."

염라가 관 속에서 술병과 술잔을 꺼내 탁자 위에 놓았다.
나는 바로 술병과 술잔을 염라의 손이 닿지 않는 곳으로 치워 버렸다.
즉, 내 두 손에.
"내놔아아아아아~!"
"싫다."
"나아를 기대하게 해 놓고오! 술이라도 마시지 않으면 안 될 것 같단 말이야아아아!"
"말을 끝까지 들어, 이노…… 아니, 그냥 끝까지 들으라고."
"지금 나아한테 이노옴이라고 하려고 했지이, 이노옴?"
칫.
"지금 그게 중요한 게 아니잖아."
그래도 다행인 건, 왠지 몰라도 염라가 살짝 화가 풀린 것 같이 보인다는 거다.
나는 그 틈을 놓치지 않고 말을 이었다.
"너하고 계약 내용이 그렇잖아. 나처럼 자연스럽게 스킨십을 하는 방법을 가르쳐 준다는 거."
염라가 고개를 끄덕였다.
"그런데 내가 그 방법을 어떻게 알겠냐? 말 그대로 자연스럽게 나오는 건데."
염라의 입술이 한 치는 앞으로 나왔다.
내 쪽으로 향한 손과 함께.
나는 아예 술병과 술잔을 뒤로 숨겼고, 염라는 고개를 떨어뜨리다 관을 고쳐 쓰며 말했다.

"……역시이 요괴의 와앙은 사기꾼의 재능이 있어어."

"가르쳐 주지 않는다는 건 아니잖아."

"그러면 어떻게 가르쳐 주게에?"

"일단 이론부터 시작해야지."

"이로온?"

……그렇게 보지 마라.

나도 나하고 정말 안 맞는 단어라고 생각하니까.

하지만 이런 나에게도 일종의 선이라는 것이 있다.

무의식적으로 움직이려는 손을 멈추는 이성이 말이지.

그걸 다르게 말하면 어떤 상황에서 어떻게 행동해야 할지 정해 둔, 나만의 이론이라 할 수 있을 거다.

"그래."

나는 어깨를 으쓱이며 말했다.

"잘 들어. 일단 스킨십이라는 건, 상대가 자신의 신체에 손을 대도 괜찮다는 암묵적 승낙이 있을 때나 할 수 있는 거다."

그래서 나도 우리 집 아이들과 처음 만났을 때는 나름 조심을 했다.

……그렇게 보이지 않을지 몰라도, 나름 주의했습니다.

정말이다?

상황이 여의치 않은 경우가 많아서 그랬지?

"그러니까 먼저 스킨십을 해도 괜찮은 상대를 찾는 것부터가 우선이겠지."

나는 우마와 마마를 염두에 두고 한 말이었지만, 염라는 심각한 표정으로 고민에 빠졌다.

이러다간 날이 샐 때까지 대답이 안 나오겠군.

슬쩍 찔러 보자.

"없냐?"

"……없진 않아아."

"누군데?"

염라가 기어가는 목소리로 말했다.

"우두하고오 마두."

예상했던 대답이 돌아온 것에 반쯤 안도하고 있을 때.

"하지마안."

염라가 사람을 불안하게 만드는 말을 꺼낸 뒤 입을 다물었다.

"하지만, 뭐."

염라가 뭔가 억울하다는 듯한 표정으로 내게 말했다.

"자알 모르겠단 말이야아."

"뭐가?"

"예에전에 우두하고 마두한테 내애가 먼저 다가간 적이 있었거드은?"

흠?

염라가 신경 쓰이는 말을 했지만 일단은 이야기를 듣자.

"어떻게?"

"소온. 몰래애 손을 잡으려고 했었어어."

이상하다?

마마하고 우마는 이런 이야기는 안 했는데?

호기심이 든 나는 말을 재촉했다.

"그래서 어떻게 됐냐?"

"그게 말이야아……."

염라의 추욱 처진 어깨가 조금 안쓰럽다.

"그거얼 눈치챈 우두하고 마두가아 까암짝 놀라서는 갑자기이 엎드려 빌기 시작한 거야아. 자기드을의 죄를 벌하신다며언 달게 받겠다고 하면서어."

말이 안 되잖아?

염라와 다시 사이가 좋아지고 싶다고 말했던 마마와 우마다. 그런 녀석들이 염라가 먼저 손을 내밀었는데 엎드려 빌어?

그럴 이유가 없잖아?

"……이해가 안 되는데."

내 말에 염라가 자신을 이해해 주는 사람을 찾았다는 듯, 눈에 불을 켜며 달려들었다.

"그렇지이?"

야, 좀 뒤로 가라.

부담스럽다.

그런 내 생각이 들리기라도 했는지, 염라는 이내 다시 침울해져서는 의자에 바로 앉으며 말을 이었다.

"하지마안 말이야아. 나중에 거울 앞에서 똑같이 해 보니까아, 내애가 조금 이상하게 행동한 것 같기도 했어어. 그거얼 우두하고 마두가아 오해한 것 같았고오."

……얼마나 이상했으면 염라와 관계 회복을 바랐던 우마와 마마가 오해를 할 수 있었던 걸까.

"혹시 그때 어떻게 마두마면하고 우두마면의 손을 잡으려고 했는지 알려 줄 수 있냐?"

"으응."

내 말에 염라는 고개를 끄덕이더니 의자에서 일어났다.

"그러니까아…… 이렇게 했어어."

그리고 염라는 나를 노려보았다.

아니, 정확히 말하면 내 손을 노려보았다.

일주일은 굶은 사람이 먹음직스러운 음식을 탐내는 듯한, **불꽃이 튀는** 눈으로.

그것뿐이 아니다.

후우, 후우, 하고 염라가 내쉬는 숨소리가 너무 커서 내 귀에 들릴 정도였다. 그러다보니 어깨도 들썩이고 있는데, 그 모습이 마치 머리끝까지 치밀어 오른 화를 억누르기 위해 노력하는 것처럼 보이기까지 하다.

그것만으로도 등골이 오싹한데, 더 큰 문제는 따로 있었다.

염라의 손.

부들부들거리는 염라의 손!

주먹을 쥐었다 펴고, 살짝 들었다 내리고, 이쪽을 향해 뻗으려다 멈추는 저 손!

아무리 봐도 한 대 치려는 것처럼 보이잖아!

……조금 더 정확하게 말하면, 불구대천의 원수에게 원한

을 풀고 싶지만 상황이 여의치 않아 분노를 참고 있는 사람의 모습으로 보입니다.

마마와 우마가 오해할 만도 하네!

전후 사정을 알고 있는 나도 겁이 날 정돈데!

……그래도 지금의 일로 한 가지 사실을 알 수 있었다는 게 정말 다행이다.

"후우……."

나는 나지막히 한숨을 쉰 뒤 말했다.

"그만하면 됐어."

내 말에 염라는 어색한 미소를 지은 채 뒤통수를 긁적이며 말했다.

"헤헤엣, 역시 쪼오금 이상하지이?"

……안에서 샘솟아 오르는 수많은 비아냥과 딴죽을 억지로 짓누르고 나서야, 나는 겨우겨우 바른말 고운 말을 할 수 있었다.

"엄청나게 많이 이상했다."

"……그렇게 말할 거언 없잖아아."

내 딴에는 사정을 봐준 건데 말이지.

잘못했으면 내 입에서 오랜만에 욕설이 튀어나올 뻔했으니까. 지금도 침울해하는 염라에게 한마디 쏘아붙이고 싶다는 생각이 들 정도다.

그러니 염라가 보인 이상 행동에 대해서는 잊어버리고 대책을 마련하는 데 고심하자.

"으음……."

그런데 생각보다 너무 심각한데?

걷는 법은 당연히 알 거라고 생각했는데, 몸을 뒤집는 법도 모르는 아기 같은 상황일 줄이야…….

아니, 그러면 차라리 낫지.

어떻게든 일어나 보겠다고 부모님도 식겁할 정도로 온갖 용을 쓰고 있는 상황이니 더 문제다.

이래서야 마마와 우마가 염라의 마음을 알고, 왜 사이가 틀어졌는지 깨닫는다 한들 같은 일이 반복될 게 뻔하다.

이걸 어떻게 할까.

그런 생각을 하고 있을 때.

"……그렇게 심각해애?"

랑이의 발걸음 소리보다 작은, 염라의 풀 죽은 목소리가 들려왔다. 표정 또한 상당히 좋지 않다. 시선을 어디다 둬야 할지 몰라 주변을 두리번거리고, 두 손은 서로를 위로해 주기 위해서인지 맞잡은 채 쉴 새 없이 꼼지락거린다.

하아…….

나는 염라와 거래를 했다.

거래는 다른 말로 하면 약속이다.

약속은 지켜야지.

나는 염라에게 말했다.

"……생각을 바꿔야겠네."

염라의 표정이 순식간에 어두워졌다.

"설마아 없던 일로 하겠다는 거야아?"

그럴 리가 있냐.

세희의 일이 없다 하더라도, 나는 이런 녀석을 모른 척하고 지나갈 정도로 나쁜 녀석은 아니다.

"일단 너는 스킨십에 익숙해질 필요가 있다."

생각해 보니 잘못 말한 것 같아서, 나는 고개를 저으며 정정했다.

"아니, 스킨십을 하는 것에 익숙해질 필요가 있어."

왜냐면, 내가 이 녀석의 손목을 잡거나 무릎에 앉혔을 때는 지금과 같은 괴상망측하고 끔찍한 모습은 보이지 않았으니까.

그러니까 이 녀석은, 누군가에게 손을 내미는 것에 극도로 익숙하지 못한 것뿐이다.

아니, 조금 다르군.

염라는 무서운 거다.

그때처럼 자신이 내민 손이 그 누구의 손도 잡지 못하는 게 두려운 거다.

우두마면과 마두마면에게 화를 낸 후, 자신이 내민 손이 거절당한 일이 마음에 가시로 남은 거겠지.

왜 그렇게 생각하냐고?

나 또한 그랬으니까.

개과천선한 뒤, 아이들에게 사과를 하고 용서를 빌 때의 나 또한 그랬으니까.

자신의 진심 어린 사과가 상대에게 닿지 않을지도 모른다는 두려움에 떨었으니까.

……물론 염라와 저는 입장이 다르죠.

어린 시절의 저는 스스로 저지른 잘못 때문에 두려움에 떨고 고통받아도 싼 입장이었으니까요.

그런데도 그때의 나보다 지금의 염라가 더 긴장하는 걸 보면…….

이 녀석은 정말로 섬세한 성격일지도 모르겠다.

"그래애? 그러면 어떻게 해애, 요괴의 와앙?"

지금은 신경 쓸 겨를이 없지만.

"뭘 어떻게 해."

무서운 영화도 몇 번이나 보면 무섭지 않게 되는 법.

무서운 일도 몇 번이나 계속하면 조금은 마음의 여유가 생기는 법이다.

마침, 여기에는 좋은 상대가 있기도 하고 말이지.

"나를 통해 익숙해지면 되지."

나 말이다.

우리 집 아이들과 지내다보니 그 누구보다 신체 접촉에 익숙해진 나 말이야.

"흐으음……."

그런데 염라가 나를 보는 시선이 이상하다.

뭐랄까.

집안에 떠들썩한 소동이 일어났을 때, 내가 세희를 바라보는 시선하고 매우매우 닮아 있어.

"왜 그렇게 사람을 의심하는 눈으로 봐?"

참고로, 나의 의심은 보통 합리적인 의심인 경우가 많았다.

"요괴의 와앙. 혹시나아 해서 물어보는 건데에."

그와 달리 염라의 의심은 불합리한 의심이었고.

이런 일을 하도 많이 겪다 보니까, 염라가 뭐가 마음에 걸리는지 단박에 알 수 있었거든.

그래서 나는 염라가 묻기 전에 대답을 말할 수 있었다.

"내가 원래 어린아이들, 특히 어린 여자아이들을 좋아하긴 하지만 그건 정말 단순히 아이들을 귀여워하는 거지, 그 안에 법적이나 도덕적으로 문제되는 감정이나 욕망 같은 건 없다. 그에 기반을 두고 말을 하자면, 지금 내가 한 권유에는 단순히 네가 스스로 하는 신체 접촉에 익숙해지기를 바라는 순수한 마음만이 담겨 있지, 그를 통해 내가 심리적 혹은 육체적인 이득과 쾌락을 얻고자 하는 마음은 요만큼도 없어."

나는 낮은 한숨을 쉬고, 그저 눈만 깜빡이고 있는 염라를 향해 말을 이었다.

"이 정도면 됐냐?"

어리벙벙한 채로 고개를 끄덕이던 염라는, 어느새 나를 측은한 눈빛으로 바라보며 말했다.

"……많이 고생했구나아, 요괴의 와앙."

"……알아주니 고맙다."

만난 지 얼마 안 된 녀석에게 위로를 받게 되다니.

"뭐, 그건 됐고."

그 고생이 꼭 나쁜 것도 아니었고, 내 잘못이 없는 것도 아니니까 넘어가도록 하자.

"자."

나는 의자에서 일어나, 언제든지 괜찮다는 뜻으로 두 팔을 벌렸다.

"처음은 가볍게 포옹부터 시작하자."

염라가 앞으로 흘러내린 관을 고쳐 쓰며, 어이없다는 듯이 말했다.

"……그러니까아 오해를 사는 거야아, 요괴의 와앙은."

"응? 뭐가?"

내가 오해를 살 만한 말을 했나?

뭐가 문제인지 이해를 못해서 어리둥절하는 나를 보며, 염라가 깊은 한숨을 내쉰 뒤 말했다.

"자각이 없다느은 것도 문제지마안, 뭐어~ 상관 없나아."

그렇게 말한 염라가 의자에서 일어났다.

"그럼 간다아, 요괴의 와앙."

내가 고개를 끄덕이자 염라가 자세를 취했다.

잘못 말한 게 아니다.

염라는 정말로 자세를 취했다.

몸을 살짝 움츠리고 두 팔을 안쪽으로 모은 채 왼발을 앞으로 내딛은 거다. 어째서 단순한 포옹에 저런 자세를 취했는지는 모르겠지만, 지금 당장이라도 내 품에 파고들어서 명치에 주먹을 날려도 이상하지 않아 보이네.

"후우……."

아니, 정말 이상하지 않은데?

주먹을 움켜쥔 채 깊게 숨을 들이마시고, 왜인지 모르게 분홍색이 감도는 힘 있는 눈동자로 내 시선을 피하지 않고 있는 모습은…….

마치, 앞에 있는 모든 것들을 치워 버리기 위해 시동을 걸고 있는 불도저와 같았다.

삐용삐용.

덕분에 내 안의 위험 감지 경보가 격렬하게 울리고 있어!

손을 잡으려던 모습보다 더 위험해 보여!

"자, 잠깐!"

"왜, 요괴의 왕?"

조금 전까지만 해도 늘어지던 목소리는 어디 갔는지 자신의 영역을 침범한 불청객을 발견한 수사자 같은 힘으로 가득 차 있다.

단순히 기분 탓이겠지?

"처음부터 포옹은 너무 난이도가 높은 것 같아! 그러니까 다른 거로 시작하자!"

하지만 저는 제 감을 믿습니다!

무시하기에는 지금까지 너무 많은 도움을 받아서욧!

"그래애?"

내 말에 염라가 자세를 풀고는 흐느적거리며 늘어진 목소리로 말했다.

"사실 나도오 그렇게 생각해애. 다른 사람하고오 포옹하는 거언 처음이라 너무 긴장해 버렸거드은.”

……두 번 긴장하면 무슨 일이 일어날지 궁금하군.

“그래서 다른 거언 뭐야아?”

나는 잠시 고민한 뒤 말했다.

“손을 잡는 건 어때?”

“소온?”

염라가 곤란한 표정을 지으며 말했다.

“하지마안 그건 아까 봤잖아아.”

그래. 잘 봤습니다.

그걸 봤으니까 이런 말을 하는 거지.

적어도 생명의 위협은 느껴지지 않았으니까.

하지만 있는 그대로 염라에게 말할 수는 없는 노릇이라, 나는 다른 이유를 댔다.

“그건 옛날에 했던 일을 흉내 낸 거잖아. 그러니까…… 야, 이쪽을 봐. 왜 갑자기 고개를 돌리는데?”

“그게 말이야아. 에헤헤…….”

멋쩍은 듯이 웃으며 말을 흐리는 염라를 보니 한 가지 생각이 들었다.

“……설마 아까도 내 손을 잡겠다는 생각을 하니까 그렇게 된 거냐.”

염라가 윙크를 하며 말했다.

“정다압.”

하늘이시여어.

어찌하여 이런 시련을 제게 내리셨습니까아.
나는 지끈거리는 머리를 부여잡으며 염라에게 말했다.
"손잡는 걸 그 정도로 의식하는 건 너밖에 없을 거다."
"그래도오. 긴장 되는 거언 어쩔 수 없는거얼."
볼멘소리를 내며 몸을 꼬는 염라를 보니, 이대로 가다간 손 한 번 못 잡아 보고 밤이 다 될 것 같다는 생각이 들었다.
어쩔 수 없나.
"알았다."
"으응?"
나는 의아해하는 염라에게 다가가서.
"갑자기 왜에, 요괴의 와앙?"
덥썩 염라의 손을 잡았다.
"에에에엣?"
내게 잡힌 염라의 손은 작고.

거칠었다.

……아니, 무슨 애가 이렇게 손에 굳은살이 많아?
나도 굳은살이 있긴 하지만, 그건 어디까지나 서류에 사인을 많이 하다 보니 생긴 거다. 손바닥과 손가락 마디마디에 굳은살이 있는 염라와는 다르다고.
뭐, 그렇다한들 염라의 손이 따듯하다는 건 부정 못하겠지만.
"소온 잡았어어."

염라는 눈을 동그랗게 뜨고서 내게 잡힌 손을 내려다보다가, 이내 고개를 흔들고서 내게 말했다.

"그런데에 이러면 아무 도움도오 안 되는 거 아니야아?"

그래, 나도 그렇게 생각했지.

한 5분 전까지만 해도 말이야.

"그건 네가 이렇게까지 숙맥일 줄은 몰랐으니까 한 말이고."

"나아는 숙맥 아닌데에? 지금도 긴자앙 안 하고 제대로 있잖아아?"

그래, 그래.

조금 전에 했던 내 예상이 확실하게 맞아떨어진 것 같군.

……후.

물론 이건 좋은 일이다. 세희나 나래, 냥이의 도움을 받을 수 없는 상황에서 적은 단서를 가지고 올바른 생각을 통해 빠르게 정답을 낼 수 있다는 건 정말 좋은 일이지.

그럼에도 나는 꺼림칙한 기분을 지울 수 없다.

이것이 스스로의 힘으로 이룬 성장이 아니라…….

"저기이, 요괴의 와앙."

아, 생각이 조금 길어졌나 보다.

갑자기 아무 말도 안 하고 있으면 이상하게 생각할 만도 하지.

나는 다시 염라를 내려다보며 말했다.

"아, 미안. 잠깐 생각할 게 있어서."

"그건 좋은데에……."

그렇게 말하는 염라의 볼은 살짝 붉어져 있었다.

술기운이라는 게 사라졌다가 다시 돌 수도 있는 거였나?

"이렇게에 길면 조금 다를지도오."

……그런 이유가 아니었습니다.

그러고 보니 염라와 손을 잡고 있었지.

"그러냐."

긴장을 했다는 말은 거짓말이 아닌 듯, 염라의 손은 배어 나온 땀 때문에 축축했다.

나는 염라의 손을 놓은 뒤, 슥슥 바지 뒤쪽에 땀을 닦았다.

"……."

그리고 염라는 그 모습을 꽤나 상처받은 눈으로 바라보고 있었다.

"…………."

아니, 계속해서 바라보고 있다.

그 시선을 무시할 수 없었기에 나는 약간 퉁명스러운 목소리로 말했다.

"왜, 땀 나면 닦을 수도 있지."

아니면 혀로 핥으랴?

변태 같은 생각을 하는 내게 염라가 말했다.

"보통은 눈앞에서어 그러지 않잖아아."

"그래?"

"상처받는다고오."

섬세한 녀석일세.

아니면 내가 아이들과 함께 여름을 같이 보내다 보니 너무 무뎌진 걸지도 모르겠다.

그렇다면 사과해야지.

“미안하다. 기분 나쁘다거나 더러워서 그런 건 아니야. 그냥 손에 땀이 났으니까 닦아야겠다는 생각밖에 없었다. 그렇다고는 해도, 내가 너무 무신경하게 굴어서 네가 신경 쓰게 만든 건 미안해. 만약에 다음에도 이런 일이 있으면 조심할게.”

나름대로 정중한 사과에 염라는 만족스러운 미소를 지었다.

……왜죠?

“요괴의 와앙은 사과하는 데 전문가구나아?”

그런 내게 염라가 별로 마음에 들지 않는 답을 알려 줬다.

“그런 쪽에 전문가 같은 건 되고 싶지 않은데 말이야.”

이왕이면 사과할 잘못을 저지르지 않았으면 좋겠고.

“이미 늦어 버린 거어 아니야아?”

“그러냐.”

어릴 적부터…… 가 아니라.

지금은 자아 성찰을 할 시간이 아니다.

“그보다, 자.”

나는 마치 바둑이에게 손, 하는 것처럼 염라에게 손을 내밀었다.

“으응?”

염라는 멀뚱멀뚱 내 손을 바라보았다.

누가 보면 내가 지금부터 손이 사라지는 마술이라도 하는 줄 알겠다.

"네 차례라고."

내 말에 염라의 몸이 바짝 굳어 버리는 게 보였다.

그것만이라면 다행이겠지만, 숨결이 거칠어지고 눈빛까지 위험해진다.

"에엣?"

그래서 난 염라의 손을 다시 잡았다.

"내애 차례라며어? 이래도 되는 거야아?"

언제 위험한 짐승이 될 뻔했냐는 듯, 염라가 어딜 봐도 좋아하는 목소리로 말하면서 힐난하는 척을 한다.

그래서 나는 염라의 손을 놓았다.

"네 차례다."

끼기기긱.

랑이가 나한테 잘못을 저지르고 그 사실을 숨겼다가 들켰을 때가 딱 저렇지.

그래도 조금 전보다는 나아진 것 같지만.

나는 잔뜩 경직한 채 제대로 움직일 생각을 하지 못하는 로봇 염라의 손을 다시 잡았다.

"에에?"

그리고 다시 놓았다.

그리도 다시 손을 내밀었다.

그리고 다시 잡았다.

그리고 다시 놓았다.

그리고 다시 손을 내밀었다.

그렇게 몇 번, 몇 십 번이나 같은 일을 반복했다.

"자."

이러다가 악수회에 나간 아이돌처럼 손이 트는 게 아닐까 걱정이 들 때쯤.

"알았어어."

힘겨워 하면서도, 염라는 조심스럽게 손을 움직였다. 눈에 띄게 긴장한 모습이지만, 염라가 스스로 손을 움직인 건 처음이었다.

염라는 몇 번이나 멈칫거리긴 했지만, 조금씩 목적지에 다다르고 있었기에 나는 기다렸다.

그리고 마침내!

"해냈어어!"

염라는 내 손을 잡았다.

세간에서는 이것을 악수라고 말한다.

그 사실을 깨달은 염라도 고개를 살짝 옆으로 기울이며 힘 빠진 목소리로 말했다.

"……뭔가아 다른 것 같아아."

"……알고 있으니 다행이구나."

이 모습이 만약 뉴스에 나온다면, 그 제목은 이렇겠지.

[요괴의 왕과 염라대왕, 극적인 교섭 성공.]

"그래도 네 쪽에서 먼저 한 게 어디야?"

"그러네에."

내 말에 염라의 표정이 화악 하고 밝아졌다.

"나아도 하면 할 수 있구나아."

……지금 그럴 말을 할 때가 아니죠.

"그럼 다음으로 넘어간다."

이제야 겨우 한 걸음 앞으로 내딛은 거에 불가하다고. 적어도 이 녀석이 티 안 나고 자연스럽게 마마와 우마의 손을 잡을 정도는 만들어 놔야 한다고.

"에에엣?"

염라는 눈앞의 작은 성공에 눈이 팔려 있었지만.

"뭘 그렇게 놀라냐."

나는 염라와 손을 놓았다.

동시에 염라가 눈에 띄게 침울해졌다.

"으아아…… 뺐어어…… 잡았는데에…… 내애가 먼저 잡았는데에…… 너무해애……."

이런 일 가지고 울려고 하지 마라.

농담이 아니라 염라의 눈가는 살짝 물기로 젖어 있었다.

그렇게 힘들게 잡았던 손을 이쪽에서는 가볍게 놓았으니 그럴 만도 하지만…….

땀을 닦을 때도 그렇고.

이 녀석, 마마와 우마의 말대로 섬세한 녀석이었구나.

"이제 나아는 어떻게 해야 하는 거야아……."

지금은 일단 침울해져서 삶을 비관하는 듯한 헛소리를 입에 담은 염라에게 현실을 깨닫게 해 주는 게 먼저일 것 같군.
"뭘 어떻게 해."
나는 염라에게 말했다.
"다시 잡으면 되잖아."
나는 정말 가볍게 한 이야기였지만.
"다시이 잡는다고오?"
염라는 나른한 눈매가 동글어질 정도로 크게 눈을 뜨며 내게 물었다.
"그래."
나는 보란 듯이 손을 들어 주먹을 쥐었다 펴며 염라에게 말했다.
"내 손은 여기 있으니까 말이다."
이러면 조금 전보다 편하게 염라가 내 손을 잡아올 거라 생각해서 한 말이지만.
"……."
내 예상과는 달리 염라는 아무 말도 하지 않았다.
내 손을 향한 시선을 아래로 향한 채, 입을 꾹 다물었다.
뭐야. 내가 이상한 말이라도 했나?
그렇게 생각하고 있을 때.
"……피하며언?"
고개를 든 염라의 표정은 진지했…….
아니, 슬퍼 보였다.
마치, 내가 마음의 갈등 때문에 힘들어했을 때 랑이가 아파

했던 것처럼.

아픔을 억누르고 싶은 듯, 손으로 가슴을 누르며 염라가 풀 죽은 목소리로 말했다.

"이번에느은 요괴의 와앙이 손을 피할 수도 있잖아아."

"내가……."

왜 네 손을 피하냐. 너하고 한 약속이 있는데.

염라를 안심시키기 위해 그렇게 말을 하려는 순간.

"……아니다."

나는 염라가 지금 이 상황에 대한 이야기를 하는 게 아니라는 것을 깨달았다.

지금 염라는 나를 통해 과거의 마마와 우마를 바라보고 있는 거다.

그렇다는 건…….

나도 쉽게 대답해서는 안 되겠군.

아마도 지금 하는 내 대답이 나와 염라와의 거래에 중요한 영향을 끼칠 테니까.

……뭐, 염라의 앞날에도 영향이 없을 거라고는 말 못하겠고 말이다.

그래서 나는 아무 말도 없이, 지금까지 몇 번이나 그랬던 것처럼 염라에게 손을 내밀었다.

"……."

내 대답에 입술을 꽉 다문 염라는 무언가 고민하는 눈치였다. 나는 세희처럼 생각을 읽는 요술을 쓸 수 없기에, 그저 염라가 어떻게 행동할지 묵묵히 기다렸다.

시간이 흐른 후.

염라가 너무나 조심스럽게 내 눈치를 살피며 손을 뻗었다.

그래서 나는 염라의 손을 피했다.

"아."

나를 바라보는 염라의 눈동자가 격하게 흔들렸다.

갈 곳을 잃은 손이 어색하게 나와 염라의 사이에 붕 떠 있다.

염라의 팔이 부들부들 떨리는 건, 단순히 손을 들고 있는 게 힘들기 때문이 아니겠지.

염라의 입술이 바르르 떨리는 건, 단순히 할 말을 잃었기 때문이 아니겠지.

그리고.

나는 다시 염라에게 손을 내밀었다.

내 손과 얼굴을 번갈아 보던 염라의 표정이 변했다.

조금 전까지만 해도 자리에 주저앉아 엉엉 우는 어린아이가 아닌, 어렸을 때의 나와 닮은 표정으로 말이야.

"……지금 뭐 하는 거야, 요괴의 왕?"

목소리가 늘어지지 않는 걸 보니까 화가 난 걸까? 아니면 조금 전의 일로 완전히 술이 깬 걸까?

머리카락과 눈썹과 눈동자가 살짝 분홍색으로 변한 걸 아야의 경우에 빗대어 생각해 보면 아마도 전자겠지.

하지만 나는 염라의 말에 대답하지 않고, 그저 손을 위아래로 흔들었다.

"장난치지 마."

나는 아무 말도 하지 않았다.

그저 능글맞게, 세희가 말하길 예의 재수 없는 표정을 지은 채 염라를 바라볼 뿐.

그저 손을 내민 채 아무런 말도 하지 않았다.

이러다가 염라가 화가 머리끝까지 치밀어 올라서 돌아간다면, 곤란해지는 건 나겠지만…….

염라가 그렇지 않을 거라는 걸 나는 알고 있다.

나도 랑이나 염라만큼은 아니지만, 사람의 온기에 굶주렸던 시절이 있었으니까 말이야.

"……."

내 예상대로 염라는 조금 전보다는 빠르게, 내 눈을 똑바로 바라보며, 손을 움찔움찔거리다가…….

이때다!

"앗!"

휴…….

정말 아슬아슬했다. 살짝 스치긴 했지만, 어떻게든 손을 뺄 수 있었어.

만족스럽군.

"으으으으으!!"

그와 달리 염라는 내가 두 번이나 자신의 손을 피한 것 때문에 눈에서 불꽃이 튀는 게, 지금이라도 당장 폭발할 것 같은 모습이었다.

그래서 나는 혀를 빼꼼 내밀고서 염라에게 말했다.
“아쉬웠네.”
“장난치지 말라고 했어, 요괴의 왕!”
염라대왕님이 지금 불타고 계십니다.
후끈후끈하군. 여기가 발설지옥이 아니라 대초열지옥인 줄 알겠어.
그렇다고 여기서 그만둘 수는 없지.
나를 위해서도, 세희를 위해서도, 염라를 위해서도.
나는 모두를 위해 쫙 편 손바닥을 흔들며 장난스럽게 말했다.
“억울하면 잡아 보시든가.”
염라가 내게 달려들었다.
정확히 말하자면.
“으읏! 피하지 마! 큭! 키만 커서!”
내게 딱 달라붙어서는 높이 들어 올린 내 손을 잡기 위해 깡충깡충 뛰기 시작했다고 해야겠지.
……내가 이런 말을 하기는 좀 그렇지만 말이다.
맨 처음 봤을 때 허공을 둥둥 떠다니던 그 요술을 쓰면 되는 거 아니냐?
“그렇게 잡고 싶으면 요술이라도 쓰시든가.”
그래서 말해 봤다.
“요괴의 왕은 요술은커녕 선술도 못 쓰잖아!”
염라는 악을 쓰며 반박했지만.
나름의 자존심 같은 건가 보다. 페어플레이 정신이 뛰어난 염라를 올림픽 선수로 추천해 주고 싶군.
종목은 높이뛰기가 좋겠다.
그런데 말이다.
염라가 폴짝폴짝 뛰는 건 좋은데, 나한테 딱 달라붙었다는 게 문제다.
뭐가 문제냐면, 어쨌든 문제다.
위로 뛰었다가 아래로 떨어지면서 마찰이 일어나는 게 문제다.
신체 일부분에 자극을 주는 게 문제다.
아니, 괜찮습니다. 정말 괜찮습니다.
하지만 언제까지나 괜찮을 것 같다는 생각은 하지 않는다. 나는 그렇게 나 자신을 믿지 않는다고.
그 결과.
"잡았어!"
최악의 상황을 피하기 위해 허리를 뒤로 빼다 보니까 손의 위치가 낮아져 버렸다.
"……."
이런 어이없는 이유로 잡힐 거라고는 생각 못해 좌절한 나와 달리, 염라는 두 손으로 나를 꽉 잡고는 기세등등한 표정으로 말했다.
"봐아. 잡을 수 있지이."
다시 익숙한 모습과 목소리로 말했다, 라고 해야겠군.
뭐, 생각보다 조금 일찍 잡히긴 했지만 결과는 내가 의도했던 대로 흘러갔으니 상관없나.

"그래. 잡았다."

나는 어깨를 으쓱거린 뒤, 염라의 손을 맞잡으며 말을 이었다.

"이걸로 대답은 됐나?"

"……어?"

염라가 몸을 움찔 떠는 게 손을 통해 느껴진다.

꽤나 당황했나 보네.

내 입장에서는 꽤나 재미있지만.

제가 이래서 장난치는 걸 그만 못 둡니다.

"내가 손을 피하면 어떻게 하냐고 물었잖아."

나는 굳어 있는 염라의 손을, 나와 맞잡은 손을 과장되게 위아래로 흔들었다.

이게, 내 대답이다.

나래와 이모와 사촌동생들이 수없이 내밀었던 손을 거부했던 내게, 포기하지 않고 손을 내밀어 줬던 은인들에게 배운 정답이다.

거절당한다면, 다시 손을 내밀면 되는 거다.

그렇다면 언젠가, 포기하지 않는 이상 상대와 손을 맞잡게 되는 날이 온다.

나는 그 사실을 염라에게 가르쳐 주고 싶었다.

말이 아닌, 행동으로.

아, 물론 조심해야 할 건 있다.

타인의 온기를 거절했던 사람도, 사실 그 손을 잡고 싶어

했을 경우에만 통용되는 이야기니까.
이걸 안 지키면 손에 닿는 건 수갑이 되니까 주의하세요.

지금은 멍하니 자기 손을 내려다보고 있는 염라에 주의해야 하겠지만.
"기억 안 나?"
"……그렇구나."
염라가 고개를 들어 내 눈동자를 들여다보았다.
눈은 마음의 창이라는 말도 있고, 누군가 내 눈동자를 들여다봐서 내게 좋은 일이 있었던 일은 거의 없었기에 나는 시선을 피했다.
나도 휘파람이나 불어 볼까?
입술을 오므리고 숨을 불어 넣으려는 찰나.
"요괴의 와앙은 아이를 잘 키울 것 같아아."
……정말 딴죽 걸지 않고는 참을 수 없는 칭찬을 받았다.
"야, 야. 아직 결혼도 못한……."
하지만 가슴 속 깊은 곳에 응어리진 무언가를 훨훨 털어 버린 듯한 염라의 미소를 보자니.
"뭐, 됐다."
그렇게 나쁜 칭찬도 아니고, 지금은 다른 게 신경 쓰이기도 하고.
"그래서 언제 놔줄 거야?"
나는 비어 있는 왼손으로 염라에게 꽉 잡혀 있는 오른손을 가리켰다.

이제 대답도 찾았겠다, 다시 축축해지고 있고 슬슬 놓아주면 좋겠다는 생각에서 한 말이었지만…….

"싫은데에?"

염라는 왠지 모를 음흉한 미소를 지으며 그렇게 말했다.

"겨우우 잡았는거얼? 그렇게 쉽게에 놓아줄 것 같아아?"

"그러냐. 그러면 포기할 수밖에…… 없겠냐?!"

나는 기습적으로 손에 힘을 주고 뒤로 쑥 뺐다.

당연히 이러면 내 손이 염라의 손아귀에서 빠져나올 거라는 생각에서 한 일이었지만, 현실은 내 예상과 달랐다.

"으아아아?"

"우왓?"

찰거머리 같이 내 손을 놓지 않은 염라가 이쪽으로 끌려온 거다!

불행 중 다행인 것은 내가 뒤로 넘어지지 않았다는 것. 그리고 염라가 쓰러지지 않고 잽싸게 왼팔로 허리를 받칠 수 있었다는 거?

다시 말하면.

자연스럽게 염라는 한 팔을 높이 든 채로 내 품에 안긴 꼴이 되었다는 게 불행이다.

"……."

"……."

의도치 않은 신체 접촉에 나와 염라는 할 말을 잃은 채 움직이지 않았다.

하지만 그것도 잠시.

"……고마워어, 요괴의 와앙."

염라는 내 배에 얼굴을 묻으며 말했다.

"네 덕분에 앞으로 나아갈 용기를 얻었어."

다행이다.

염라가 다른 이에게 손을 내밀 용기를 얻게 된 것과, 지금 내 얼굴을 볼 수 없다는 게.

"그러냐."

그래서 나는 낯부끄러움을 숨기기 위해 퉁명스럽게 대답할 수밖에 없었다.

"그러니까아……."

내 품에 안겨 있는 염라가 조금 더 내게 몸을 밀어붙이며 말했다.

"조금만 더 이렇게 있어 주면 안 될까?"

염라의 부탁에 나는 오른팔을 내리는 것으로 대답했다.

"고마워."

나는 대답하지 않았다.

내가 받았던 것을 염라에게 오롯이 전해 주기 위해서.

끝마치는 이야기

"요괴의 왕님."

잠든 지 얼마 안 됐는데, 누군가 깨우면 그다지 기분이 좋지 않은 건 당연한 일이다.

그것도 몸이 흔들려서 깨면 말이지.

"으…… 뭐야?"

나는 짜증이 잔뜩 묻어나는 목소리로 대답을 하며 무거운 눈꺼풀을 들어 올렸다.

등잔불만이 밝히고 있는 방이었지만, 그럼에도 불구하고 중력의 영향을 받아 아래로 살짝 처진 그 거대한 가슴은 내 눈에 선명하게 들어왔다.

……어, 잠깐. 뭐야. 지금 나, 잠든 사이에 여자한테 덮쳐지는 위기에 빠진 거야?

안 돼! 나에게는 사랑하는 랑이와 나래와 성의 누나가 있다고!

……같은 헛소리를 하지 않을 수 있었던 건, 나를 깨운 사

람이 우마라는 걸 깨달았기 때문이다.

그런데 좀 이상하다?

나를 내려다보고 있는 우마의 눈이 퉁퉁 불어 있는 게, 꼭 조금 전까지 펑펑 운 사람처럼 보였거든.

하지만 우마와 그리 친한 사이도 아니고, 자다가 깨서 바로 '너 울었냐?'라고 묻는 건 조금 이상한 것 같기에, 나는 그저 잠기운을 몰아내는 데 집중했다.

"늦은 밤에 죄송해요, 요괴의 왕님."

그사이 몸을 뒤로 뺀 우마가 공손히 고개를 숙이며 사과했다. 덕분에 나는 일어나 앉아 졸린 눈을 비비며 우마에게 말할 수 있었다.

"……뭔데?"

"염라대왕님께서 요괴의 왕님과 대화를 나누시고 싶어 하세요. 괜찮으시다면 동행해 주시겠나요?"

염라가?

잠든 사람을 깨울 정도로 중요한 일인가?

"무슨 일이라도 있어?"

우마가 조용히 고개를 저었다.

"요괴의 왕님께서 염려하실 만한 일은 없어요. 염라대왕님께서 요괴의 왕님께 감사를 표하고 싶다고 하셨을 뿐이니까요."

……그런 놈이 사람을 야밤에 깨운다는 건가.

그것도 왠지 모르겠지만 펑펑 울어서 눈이 부운 것 같은 우마를 시켜서?

그런 내 생각이 표정에 모두 드러난 것 같다.

우마가 어쩔 줄 모르며 당황했으니까.

"오늘 밤이 아니라면 안 되는 중요한 일이라고 하셨어요."

"……그래."

뭔 일인지는 모르겠지만, 중요한 일이 아니기만 해 봐. 자다가 깬 사람의 분노를 그대로 말로 풀어 주마.

그전에 해야 할 일이 있지만.

나는 입고 있는 옷을 벗어 랑이의 배 위에 올려놓고서 새 옷으로 갈아입었다.

혼자 잠들어 있을 랑이를 위한 작은 배려였지만.

"후우우우~ 하아아아~"

……바로 내 옷에 얼굴을 묻고 힘껏 숨을 들이마셨다 내쉬며 행복한 표정을 짓는 랑이를 보자니 괜한 짓을 한 게 아닐까 하는 후회가 들었다.

아무리 그래도 부끄러운 건 부끄러운 거라고.

나는 얼굴이 더 붉어지기 전에 방을 나섰다.

"기다리게 해서 미안."

"괜찮답니다."

우마가 살며시 고개를 숙이고서는 걸음을 떼었다.

붉은 등을 들고서 어두워진 복도를 앞서 걷고 있는 우마를 조용히 따라가고 있자니, 이 침묵이 어색하다.

뭐라도 말을 꺼내 볼까.

"너, 눈이 부어 있던데. 혹시 울었냐?"

……너무 단도직입적으로 물었나?

우마가 걸음을 멈추니 그런 걱정이 들었다.

"부끄러운 모습을 보여 드려서 죄송해요."

하지만 고개를 돌린 우마가 환한 미소를 짓고 있는 것을 보고 나는 마음을 놓았다.

"무슨 일 있었어?"

우마는 조용히 고개를 끄덕였다.

"예, 요괴의 왕님 덕분에 정말 좋은 일이 있었죠."

내 덕분에 울 정도로 좋은 일이 있었고, 그렇게 펑펑 운 애를 보내 감사 인사를 하고 싶다고 불러낸다라…….

나는 순식간에 우마가 한 말이 무엇을 뜻하는지 깨달았다.

"……잠깐만. 야? 진짜야?"

주어가 빠진 내 질문에 우마는 고개를 끄덕이는 것으로 답을 대신한 뒤 말을 이었다.

"지금이라도 요괴의 왕님께 감사의 인사를 드리고 싶지만, 찬물도 위아래가 있는 법. 저희는 따로 시간을 내어 찾아뵙겠어요."

"……그래."

하고 싶은 말은 많았지만, 머리를 한 대 맞은 듯한 충격에 나는 입을 열 수 없었다.

……맙소사.

설마 염라가 바로 우마와 마마와 화해하러 갈 줄은 꿈에도 생각 못했다.

그 녀석, 겉모습하고는 다르게 행동력이 장난 아닌데?

감탄만 할 일은 아니라고 내 안의 무언가가 하는 말은 무시하자.

염라의 빠른 행동으로 인해, 내가 이들의 관계를 통제하며 조금 더 유리한 위치에 설 수 있는 가능성이 사라진 것은 안 좋은 일이라는 생각이 든 것도 말이지.

"요괴의 왕님?"

내가 걸음을 멈추고 가만히 생각에 잠기고 있는 게 이상했는지, 우마가 말을 걸었다.

"아니, 아무것도 아니야."

그럼에도 속에서 올라오는 씁쓸함을 감추기 위해 노력하며, 나는 우마의 뒤를 따랐다.

우마가 걸음을 멈춘 건, 평범한 문 앞이었다.

평범하다고 해도, 이 성 안에서나 평범하다는 뜻이지만.

"여기야?"

"예."

나는 이곳을 기억하고 있다.

마마와 함께 성을 돌아다녔을 때, 들어가지 못하게 했던 방이다.

"흠……."

그런데 염라가 직접 나를 이곳에 불렀다?

뭐지?

사실 내가 들어가도 괜찮은 곳이었어? 아니면, 나에 대한 대우가 변한 건가?

잠깐 그런 생각을 하고 있던 내게, 우마가 말했다.

"무슨 문제라도 있으신가요?"

그래, 나 혼자 고민해 봤자 뭐 하냐.

물어보면 되지.

"아니, 별건 아니고."

나는 낮에 마마와 있었던 일을 간단하게 우마에게 설명했다.

"호, 호호……."

내 이야기를 들은 우마는 어색하게 웃은 뒤 밤하늘을 바라보며 말했다.

"그, 그건 염라대왕님께서 오늘 낮 동안 이곳에 계셨기에 그 모습을 보여 드리고 싶지 않았던 게 아닐까 하는 생각이 드는 기분이네요."

"여기서 일이라도 하나 봐?"

우마의 볼에 식은땀이 흘러내린 것 같은데.

"들어가 보시면 아실 거예요."

……확실한 건, 여기가 염라가 업무를 보는 곳은 아니라는 거다. 그렇지 않다면 우마가 저리 불편해할 리가 없으니까.

좌불안석인 우마가 몸을 틀어 문 앞에서 비키며 말했다.

"그, 그러면 저는 내일 아침에 찾아뵙겠어요."

자리를 피하고 싶은 건지, 아니면 빨리 들어가라는 재촉인지 잘 모르겠다.

확실한 건 우마가 같이 들어가지 않는다는 거지만.

"고마워."

우마는 허리를 숙여 예를 표한 뒤 자리를 떴다.

우마의 뒷모습이 멀어져 가는 걸 계속 지켜보는 것도 이상하기에, 나는 문을 열고 안으로 들어섰다.

안에서 나를 처음 맞이해 준 건 음악이었다.

음악에는 지식이 없는 나로서는 잘 모르겠지만, 재즈인가 뭔가 하는 장르인 것 같다.

어쨌든, 뭔가 귀를 즐겁게 해 주는 분위기 있는 음악이다.

그 다음으로 나를 반겨 준 건 향기로운 과일향이었다.

하지만 나는 살짝 눈살을 찌푸렸다.

약하긴 하지만, 그 안에 알코올이 감돌고 있었거든.

누구를 만나서 이야기하기에는 좋은 곳이 아니군.

마지막으로 나는 주위를 둘러보았다.

은은한 주황빛이 새어 나오는 등으로 밝히고 있는 실내의 벽 한 쪽은 술병으로 가득 채워진 선반이 있었고, 그 앞에는 기다란 테이블과 의자가 있었다.

……이건 그거군.

BAR라는 곳이다.

바텐더는 어디 갔는지 보이지 않지만, 이곳이 바라는 사실은 변하지 않는다.

……왜 마마가 이곳을 들여보내 주지 않았는지 대충 알 것 같군.

대낮부터 하라는 일은 안 하고 술이나 처마시고 있는 염라의 모습을 보여 주고 싶지 않았던 거겠지.

에휴…….

마침 한심한 그 녀석은 테이블의 구석진 곳에 앉아서 푸르고 맑은 액체가 담긴 잔을 손에 들고 있었다.

이쪽을 바라보면서 말이야.

마치, 당신의 미소에 건배라는 말이 잘 어울릴 것 같은 자세다.

"이제 왔어어, 요괴의 와앙?"

"그래."

"그러면 와서 앉아아."

나는 문을 닫고 염라를 제외하고는 단 한 명도 없는 바의 의자에 앉았다.

염라의 옆자리에 말이야.

염라가 그런 나를 흥미 있는 눈으로 바라보다, 이내 쥐고 있는 술잔으로 시선을 옮기며 말했다.

"먼저어 한잔하고……."

"말해 두지만."

나는 딱 잘라 말했다.

"미성년자의 음주는 법으로 금지되어 있고, 저승에서는 그런 법이 없다 해도 나는 술을 마실 생각 없고, 애초에 나는 술을 좋아하지도 않아. 그러니 다음부터는 나한테 할 말이 있다면, 그리고 그게 감사의 인사라면 더더욱 이런 술 냄새

나는 곳이 아닌 다른 곳에서 나를 불러 줬으면 좋겠어."

놀란 눈으로 나를 바라보던 염라는 이내 배를 잡고 웃었다.

뭐가 그렇게 웃긴 건지 모르겠네.

잠시 후, 흘러내린 관을 바로잡고 눈가의 눈물을 닦은 염라가 말했다.

"나는 말이야아. 먼저 한잔하고 있었다고 말하려고 했어어~ 먼저 한자안하라는 게 아니라아."

"……그러냐."

즉, 헛다리 짚었다는 거군.

민망하다.

그런 나를 바라보던 염라가 입가에 미소를 지으며 말했다.

"그리고오 다음부터는 다른 곳으로 부를게에."

"그래 주면 고맙고."

"하지마안 말이야아."

염라가 술잔을 옆으로 치우며 말했다.

"이번에는 어쩔 수 없었다고오?"

……왜 이게 모두 내 잘못이라는 듯 보는 거냐?

내가 뭘 했기에?

"뭐가 어쩔 수 없었는데?"

염라가 개구쟁이나 지을법한 표정을 지으며 말했다.

"그야아, 요괴의 와앙이 너무 내 **부탁**을 잘 들어줬는거얼?"

지금 이 녀석, 거래가 아니라 부탁이라고 했지?

설마, 우마에게 이야기를 들은 걸까?

그렇다고 걱정할 건 없지만.

내가 잘못한 건 없고, 만약 왜 그렇게 우마에게 말했냐고 추궁해도 할 말은 넘치니까.

그래서 나는 어깨를 으쓱하며 염라에게 말했다.

"……잘 풀렸나 보네?"

"요괴의 와앙 덕분에 말이야아."

빙긋 웃은 염라가 말을 이었다.

"설마 요괴의 와앙이 나하고 한 거래애, 그 이상의 것을 해 줄 줄으은 몰랐어어."

그 목소리에 나를 추궁하는 느낌은 없었다.

그건 그거, 이건 이거라는 거냐.

그렇다면 나도 거기에 맞춰 줘야겠지.

"이래 봬도 오지랖이 넓어서 말이다."

염라가 웃는 낯으로 고개를 끄덕였다.

"응, 응. 요괴의 와앙은 정말 상냥해애."

왜 이 녀석들의 머릿속에 있는 국어사전에는 '오지랖 = 상냥함'이라고 적혀 있는지 모르겠군.

나름 속셈이 있어 한 행동을 상냥하다고 칭찬받으니 민망하다.

말을 돌리자.

"그러냐. 그래도 설마 오늘 바로 우두마면하고 마두마면을 만날 줄은 몰라서 조금 당황했다."

내가 개입할 부분이 더 있을 줄 알았는데 말이야.

무엇보다, 염라와 마마와 우마가 화해하는 자리에 내가 없었다는 건…….

아쉬운 일이다.

정말로 아쉬운 일이다.

그 자리에 내가 있었다면, 염라와 조금 더 친해질 수 있는 가능성도 있었을 텐데 말이지.

감정을 그대로 얼굴에 드러내는 내게 염라가 말했다.

"그렇게에 아쉬워하지 마아, 요괴의 와앙. 내가아 보면 알겠지마안 성격은 급한 편이거드은."

……어딜 봐서?

겉모습과 달리 섬세하다는 건 이제 알겠는데, 도대체 염라의 어디가 성격이 급해 보인다는 거야? 지금 내 눈앞에 있는 건 나무늘보의 현신 같은 아이밖에 없는데.

내 시선에 살짝 잔을 흔드는 것으로 답한 염라가 말을 이었다.

"이건 진짜아 내 모스읍이 아닌거얼."

그래, 나도 사실 검은 망토를 두르고 한쪽 눈에는 안대를 차고서 오른손에는 붕대를 두른 게 진짜 내 모습이다.

……염라는 인간이 아니니까 저 말이 사실일 수도 있지만, 지금 그게 뭐가 중요하겠어?

나는 차가운 시선으로 염라를 바라보았다.

내 시선에 두 다리를 앞뒤로 흔들며 염라가 말했다.

"어찌됐드은, 나는 진심으로 네게 고맙다고 생각하고오 있어, 요괴의 와앙."

그렇게 말한 염라는 언제 술을 마셨냐는 듯이 자세를 바로 하고 허리를 곧게 세우며 내게 말했다.

"하지만 남의 마음 가지고 장난을 치는 건 나쁜 아이나 할 법한 일이야."

단호한 말투로.

그에 살짝 뜨끔 했지만, 나도 지지 않고 말했다.

"무슨 말이야?"

"요괴의 왕이 우두마면하고 나눈 이야기를 모두 들었어. 그런데도 잡아뗄 생각?"

염라가 나를 붉은색 눈동자로 바라보았다.

그리고 나는 당당하게 그 시선을 마주하며 답했다.

"난 남의 마음을 가지고 장난치는 짓은 안 했다."

"정말?"

내 속을 꿰뚫어 보는 듯한 염라의 시선 때문에 나는 사실대로 말할 수밖에 없었다.

"네가 그렇게 생각할 만한 구석이 있다는 건 알고 있고, 나도 그것 때문에 우마를 속인 꼴이 된 것 같아서 양심의 가책은 조금 느꼈지만."

하아.

나는 크게 한숨을 쉬고 말을 이었다.

"그건 나름 이유가 있어서 한 선택이라고."

네가 먼저 우마와 마마에게 손을 내밀고 싶은 마음을 존중해 주고 싶다는 이유 말이지.

나는 그렇게 랑이가 알려 준 내 마음을 염라에게 말했다.

"그래애?"

내 대답에 염라는 입가에 미소를 짓고는, 손을 들어 **자연스럽게** 내 머리를 쓰다듬으며 말했다.

"그렇구나아. 조금 걱정했는데 역시 요괴의 와앙은 착한 아이였어어. 다행이다아. 혼내지 않아도오 되겠어어."

다시금 늘어진 염라에게 머리를 쓰다듬어지는 건 상당히 미묘한 기분이 들었기에, 나는 긴장이 풀리는 것을 막기 위해 염라의 손을 잡아 내리며 말했다.

"믿는 거냐?"

"내가아 하는 일 때문에에 거짓말은 듣는 순간에 알 수 있거드은."

넌 살아 있는 거짓말 탐지기냐.

발설지옥의 재판장을 하고 있으니 그럴 법도 하지만.

"그것 참 부럽군."

"그래도오 요괴의 와앙도 사람이 참 나쁘다아. 그런 일이 있었으면서어 나한테 아무 말도오 안 하니까, 오해할 수밖에 없잖아아?"

나는 장난스럽게 힐난하는 염라를 똑바로 바라보며 말했다.

"사람을 오해한 녀석이 할 말은 아닌 것 같은데."

"나도오 그렇게 생각해애."

말과 달리 장난스러운 표정을 지은 염라가 나를 올려다보았다.

"하지마안, 요괴의 와앙."

그 눈은 전혀 웃고 있지 않았지만.

"사람의 마음이라는 거언 하나가 아니니까아, 내 실수도 넘어가 주지 않을래애?"

진짜 겉모습만 보고 우습게 생각하면 안 되겠네, 이 녀석!

"그래."

"응! 그리며언 이제 이 일은 넘어가는 거다아? 다시 말하기이 없기야아?"

"알았다."

내 대답에 염라가 만족스러운 미소를 지으며 술을 홀짝였다.

……갑자기 목이 타네.

"그보다 여기에는 물 없냐?"

"으응? 거기 있잖아아?"

염라가 손가락으로 내 앞의 테이블을 가리켰다.

분명히 조금 전까지는 아무것도 없었던 테이블에는 컵 받침대 위에 시원한 얼음물이 담긴 컵이 놓여 있었다.

나는 혀를 내둘렀다.

"……귀신같네."

"그렇지이?"

뭐가 그리 재밌는지 염라가 히죽히죽 웃었다.

나는 시원한 물을 단번에 들이켠 뒤 염라에게 말했다.

"그래서 할 말은 그게 끝?"

"으응? 무슨 말이야아?"

염라가 짐짓 모르겠다는 듯 다시 몸을 흔들흔들, 관도 따라 흔들흔들.

"인마, 나한테 할 감사 인사는 어디 간 거냐? 응?"

염라가 두 눈을 휘둥그레 뜨며 말했다.

"에에엣~ 그걸 자기 입으로오 말하는 거야아, 요괴의 와앙?"

"잘 자다가 깨서 왔더니 추궁만 받고 돌아갔다가는 뜬 눈으로 밤을 지새울 것 같아서 말이지."

"요괴의 와앙은 의외로오 마음이 좁은 사람이었구나아?"

자기 측근들에게 좀생이라는 평가를 듣는 네게 들을 소리는 아닌 것 같은데.

그렇게 쏘아붙여 주고 싶었지만 나는 아무 말도 하지 않기로 했다.

그편이 염라를 독촉하기 좋으니까.

"알았어어. 그렇게 무섭게 보지 마아. 요괴의 와앙이 너무너무우 고마워서 선물도 준비해 뒀는데에 말이야아."

"……선물?"

"응응."

고개를 끄덕였다가 흘러내려 간 관을 바로 잡은 염라가 말했다.

"왜에, 말했잖아아. 요괴의 와앙은 거래 이상의 거얼 해 줬다고오."

아하.

그러니까 성과금 같은 걸 준비했다는 거구나.

이 녀석, 내 생각과 달리 좋은 상사일지도 모르겠어.

하지만.

"난 너한테 선물을 받을 만한 일을 한 기억은 없는데."

만약.

만약에 말이다.

내 주도하에 염라와 우마와 마마의 사이가 다시 좋아졌다면, 나는 이 선물을 받았을 거다.

하지만 그건 염라의 믿을 수 없는 행동력으로 인해 없는 일이 되었다. 결국 내가 한 일은 처음에 했던 거래의 연장선 정도에서 끝났다는 거지.

무엇보다, 이럴 때는 정중히 거절하는 게 염라가 나에 대해 가지는 인식이 좋아질 수도 있다고.

응. 단지 그런 이유다.

미래에 대한 투자라고.

"나는 있어어."

하지만 염라는 고개를 저었다.

"요괴의 와앙은 나한테에 용기를 줬고오, 우두하고 마두한테 나아를 받아들여 주울 준비를 시켜 줬잖아아?"

"그게 뭐."

"나아와 요괴의 와왕의 거래는, 나아가 자연스럽게에 스킨시입을 할 수 있게 해 주는 거어. 그것뿐이었으니까."

염라가 하고 싶은 말이 무엇인지 깨달은 나는 손을 휘저으며 말했다.

"사람 그렇게 띄워 주지 말고."

"흐응?"

"나는 사람이 무언가 말을 하는 건 그에 따른 반응을 이끌어 내고 싶어 하기 때문이라고 배웠다."

세희한테 말이지.

"나는 내가 배운 대로 한 것뿐이야. 거래의 조건을 통해 네가 진짜로 원하는 게 뭔지 생각해 본 뒤, 거래 성사시 상대방의 만족도를 높이기 위해서 노력했을 뿐이야."

싱글벙글 웃으며 내 말을 듣고 있는 염라를 보고 있자니, 민망해져서 나는 농담을 건넸다.

"그래서 고객님, 본사의 서비스는 만족하셨습니까?"

염라가 말했다.

"요괴의 와앙은 부끄럼쟁이네에."

"……."

"자기가아 한 착한 일으은 어떻게든 깎아내리려고오 애쓰는 거언 부끄러워서 그런 거지이?"

"……왜 말이 그렇게 되는지 모르겠는데."

"왜 그럴까아?"

이미 다 알고 있다는 듯 히죽히죽거리는 염라의 모습에 짜증이 밀려왔다.

"아, 마음대로 해."

나는 테이블에 턱을 괴며 염라에게 말했다.

"그렇게 선물인지 뭔지가 주고 싶으면 줘라. 받아 줄 테니까."

자다가 깨서 그런지 졸리기도 하고 피곤하기도 하니까.

애초에 명색이 선물인데 나한테 나쁠 건 없잖아? 이 녀석이 어렸을 때의 나처럼 선물이랍시고 벌레 종합 세트를 줄 리도 없으니까.

"그래서 뭐야? 나한테 줄 선물은."

"궁금해애? 궁금한 거야아, 요괴의 와앙?"

염라가 테이블에 엎드리고서는 고개만 돌려 싱글벙글한 표정으로 나를 올려다본다.

"부탁하면 알려 줄 수도 있는데에?"

받을 생각도 없었는데 이런 태도라니.

솔직히 말하자면, 짜증 난다.

"우와, 짜증 나."

그래서 난 숨기지 않고 말했다.

술에 취한 사람한테는, 정말로 취한 건지도 이제 모르겠지만, 이 정도는 말해 줘야 말귀를 알아듣거든.

"그래애? 미안, 미아안."

봐봐. 지금도 전혀 미안한 기색 없이 손사래를 치면서 웃고 있잖아.

나는 염라 쪽으로 몸을 틀고 앉아 손을 내밀었다.

"됐으니까 선물이나 줘. 빨리 받고 잠이나 자러 가련다."

염라가 나를 위해 준비한 선물이 무엇일지 솔직히 궁금하긴 하다.

아마도 이 '선물'이 염라가 갑자기 나를 이곳에 부른 것과 관계가 있을 테니까 말이다.

그런 내게 염라는 짓궂은 미소를 지으며 말했다.
"으응? 관심 없는 거 아니었어어?"
"그런데도 준다고 한 녀석이 할 말은 아니지."
"어쩔 수우 없는거얼~"
염라가 말했다.

"요괴의 와앙이 너무 착해서어, 선무울 이라도 주지 않으면 공명정대하게에 세희의 재판을 볼 수 없을 것 같으니까아."

등골이 오싹해졌다.
뭐, 뭐야 이 녀석.
지금 무슨 말을 한 거야?
아니, 설마 지금까지 나눴던 대화는 모두 이걸 위해서였어?
내게 진 마음의 빚을 지워 버리기 위한 거였냐고?!
이 야밤에 나를 억지로 깨워서 부른 것도 내 판단력이 흐려지게 만들기 위해서였고?
"너, 설마……."
"내 선무울, 빨리 받고 자러 가고 싶다고오 했지이?"
염라가 내가 했던 말로 못을 박았다.
젠장! 이래서야 선물을 거절할 명분이 없다!
내가 상대하는 녀석들은 도대체 몇 수 앞을 내다보는 거야?!
그렇다면 어쩔 수 없다.
"……갑자기 선물을 받기 부담스러워졌는데, 거절은 안 되냐?"

억지를 부릴 수밖에.

"그러면 때찌, 할 거야아~."

물론 그런 억지가 통할 리가 없지만.

그렇다면 염라에게 사정사정해 보자.

"나는 네가 나와의 친분 때문에 고민해 주는 편이 더 좋은데 말이다."

"그거언 안 돼에. 공은 고옹, 사는 사인거얼."

안 되겠지요~

역시 안 되겠지요~ 이미 배가 떠나 버린 후니까요~

……하아.

"마음대로 해라."

"알겠어어~"

그리고 염라는 자연스럽게 손을 들어 내 머리를 쓰다듬었다.

마음대로 하라는 건 그런 의미가 아니었는데, 이 녀석은 내 머리를 쓰다듬는 거에 재미라도 들렸나. 그렇게 다른 사람의 머리를 쓰다듬는 게 좋으면 바둑이를 추천한다. 바둑이라면 네가 하루 종일 쓰다듬어 줘도 이상할 게 없으니까.

다른 말로 하면, 내 머리를 지금까지 계속 쓰다듬는 건 이상하다는 이야기다.

"……마음대로 하라는 게 이런 의미가 아니잖아."

염라가 고개를 갸웃거려 관을 흘러내리면서 말했다.

"그래서 싫어어?"

그게 참으로 애매하다.

뭐랄까.

이 녀석이 저승의 시왕 중 한 명인 염라대왕이고, 나보다 오래 살아왔으며, 사람을 웃는 낯으로 절벽으로 밀어 버리는 녀석이라는 건 안다.

하지만 겉모습은 어딜 봐도 어린애.

오해할 구석이 많이 있는 말이지만, 나는 랑이와 아이들에게 익숙해져서 나이가 몇이든 겉모습으로 상대를 판단하는 경향이 생겼다.

그러니 어린애로 여겨지는 염라에게 머리를 쓰다듬어지는 일은 피하고 싶어져야 하는 일인데……

이상하단 말이지.

아까 전에도 말했듯이 미묘한 기분이 드니까 말이야.

마치, 지금까지 내가 살아온 삶이 인정받는 느낌이랄까.

"싫지 않지이?"

하지만 그렇다고 이런 소리를 들었는데, '예! 그렇습니다! 저는 여자애에게 머리를 쓰다듬어지면서 기분이 좋아지는 사람입니다!'라고 말할 수는 없는 일이다.

"뭔가 이상한 기분이 드니까 그만해라."

나는 손을 들어 염라의 손목을 잡아 테이블 위에 올려놓았다.

"잡혀 버렸다아~"

그걸 또 염라는 기쁜 기색을 보이며 언급했고.

하지만 속지 않는다.

방금 전까지만 해도 저 미소 안에 숨어 있는 능구렁이한테 완전히 당했으니까.

나는 염라의 손목을 놓고 손바닥을 보이며 말했다.

"선물."

"응응."

그리고 염라는 내 손바닥에 자신의 손을 겹쳤다.

……지금 내가 장난칠 기분인 줄 아냐아아아아!

나는 이곳에서 쌓인 울분과 한탄과 분노와 격정을 모두 담아 염라의 손을 뿌리쳤다!

"얍."

그리고 다시 염라의 손이 겹쳐졌다.

……아, 그래요.

제가 알려 줬죠.

뿌린 대로 거둔다는 게 이런 말이구나.

그렇다면 나에게도 생각이 있다.

"네가 선물이냐?"

염라가 차가운 시선으로 나를 바라보며 조용히 손을 뒤로 뺐다.

"장난친 거로 그러언 오해하면 아무리 나아도 정색해 버려어."

이 녀석.

"장난에 농담으로 답한 거 가지고 그러냐."

그래도 염라가 더 이상 장난치지 못하게 한 건 의미가 있겠지.

술기운이 돌았는지 얼굴이 살짝 붉어진 염라가 통명스러운 목소리로 말했다.

"그런 말으을 농담으로 하니까아, 요괴의 왕은 바람둥이인 거야아."

이 녀석은 또 무슨 헛소리를 하는 건지 모르겠군.

내가 랑이와 나래, 성의 누나와 중혼을 하고 싶어 하는 인간쓰레기인 건 맞지만, 바람둥이는 아니…….

아니라고 하기에는 내 양심이 아프군.

그래서 나는 도대체 몇 번이나 반복하는지 모를 말을 했다.

"잡담은 그만하고 선물이나…… 잠깐만."

말을 하던 도중 나는 뭔가 이상한 걸 느꼈다.

만약 염라가 준비한 '선물'이 간단하게 줄 수 있는 거였다면, 내가 이곳에 들어왔을 때 내 손에 쥐어 주면 될 일이었다. 그 후에 내가 고맙다는 말을 이끌어 내는 것만으로도 충분한 일이었다.

하지만 염라는 집요하게 내게 선물을 받는다는 확언을 받아 냈다.

만약, 가정을 해 보자.

염라가 준비한 선물이 물질적인 게 아니라면?

조금 전에 내가 말했듯이, '선물은 나?' 같은 의미의 정신적인 혹은 그에 상응하는 무언가였다면?

그렇다면 나는 내가 알지 못한 사이에 또 다시 염라에게 당한 게 아닐까?

"요괴의 와앙."

그런 걱정이 내 표정에 드러난 것 같다.

"표정을 보니까아 지금 무슨 생각을 하는 지 알 것 같은데에."
염라가 어깨를 추욱 늘어뜨리며 말했다.
"선물이라는 거언, 상대방이 받을 때에 기뻐하는 거다아?"
그 말에 나는 조금 안심할 수 있었다.
"그러냐."
"그러니까아 걱정할 거어 없어."
나는 속으로 안도의 한숨을 쉰 뒤 염라에게 따졌다.
"하지만 애초에 네가 뜸을 들이지 않았으면 내가 괜한 걱정을 할 일도 없잖아."
염라가 솔직하게 고개를 숙이며 사과했다.
"그건 미아안. 내애가 잘못했어어."
나는 고개를 들고서 관을 바로 한 염라에게 말했다.
"도대체 그 선물이라는 게 뭐기에 그렇게 뜸을 들이는 거냐?"
"그게 말이야아, 요괴의 와앙."
염라가 머리를 긁적이며 말했다.
"조그음 생색내고오 싶었는지도 몰라아. 허락을 받는 데에 꽤애 고생했거드은."
"……허락?"
무슨 허락?
네가 나한테 선물을 주는 게 허락을 받아야 하는 일이야? 그게 아니라면 누군가의 허락이 필요한 선물이라는 건가?
아니, 그전에.
염라가 허락을 받을 만한 상대가 있나? 이 녀석, 발설지옥의 왕이잖아? 다른 지옥의 시왕들에게 허락을 받을 만한 일이라도 있었나?

그것도 아니라면…….

"눈치챘어어?"

염라가 눈을 추켜올리며 말했다.

나는 사실대로 말했다.

"아니."

"에에에?"

"뭘 그렇게 실망한 듯이 보냐."

내가 평소보다 살짝 머리가 좋아졌다 해도, 지식이 는 건 아니다.

염라가 어떤 녀석들과 상하 관계에 놓여 있는지 내가 어떻게 알아?

그렇게 생각하는 나와 달리, 염라는 꽤나 실망했는지 이마를 테이블에 대고 두 팔을 쭈욱 펴며 말했다.

"요괴의 와앙은 생각보다 멍청하구나아?"

야! 너 혹시 팩트 폭력이라고 알고 있냐?! 거기다 우리나라에서는 누군가에 대한 사실을 말하는 것만으로도 명예 훼손에 걸릴 수 있다고?

살짝 기분이 상해서 어떻게 돌려줄까 고심하고 있을 때.

염라가 고개만 이쪽으로 돌리며 말했다.

"그러면 직접 보여 줘야 이해하겠네에."

"뭘?"

염라는 대답하지 않았고, 그 대신 비어 버린 컵에 누군가가 물을 따르는 소리가 들렸다.

지금까지 자리를 비웠던 바텐더인가 보다.

당장 목이 마르지는 않지만 일단 간단하게 감사의 인사를 하기 위해 고개를 돌렸을 때.

"……허."

이곳에서 만날 거라고는 상상도 못한 녀석을 보고서 그대로 굳어 버리고 말았다.

"귀신이라도 보셨습니까."

그래.

봤다.

귀신.

그것도 정장을 입고서 느긋하게 행주로 주전자의 밑을 닦고 있는 귀신을.

나는 속에서 끓어오르는 감정을 가라앉히기 위해 찬물을 단숨에 들이켜야 했다.

……약속.

그래. 잊지 말자. 난 랑이와 약속했잖아.

세희를 구할 때까지 서로의 감정은 내세우지 말자고. 하고 싶은 이야기는 세희를 구하고 나서 하기로 약속했잖아.

나는 랑이와의 약속을 깰 수 없다.

—쨍그랑!

12
RR

컵은 깰 수 있지만.

"아이코야아."

그 소리에 염라가 몸을 들썩이는 것으로도 모자라, 의자에서 뒤로 넘어질 뻔할 정도로 놀랐다.

놀랠 생각은 없던 나는 머쓱해져서 염라에게 말했다.

"아, 미안."

"저기, 요괴의 와앙. 지금 중요한 건 그게 아닌 것 같은데에?"

염라의 동그랗게 변한 눈동자는 내 얼굴이 아닌 손을 향해 있었다.

응? 왜 그러지?

……고개를 숙여 보니 내 오른손이 피투성이가 되어 있었습니다.

"우와아아왓?!"

아파! 겁나게 아파! 죽도록 아파!

"이, 이거, 으아아, 어떻게 해? 여기 의사, 쓰읍, 같은 거 있어?"

"……지옥에 의사가 있을 리 없잖아아."

그도 그러네요!

어쩌지? 랑이한테 핥아 달라고 해야 하나?

아니, 그건 안 되지! 유리 조각이 박혔잖아! 그랬다가 랑이의 혀에 상처 하나라도 나면 어쩌라고?

이럴 수도 저럴 수도 없어 왼손으로 오른손 팔목을 꽉 쥐고 허둥대고 있자니 앞에서 기가 차다는 듯한 한숨 소리가 들렸다.

"잠시 실례하겠습니다."

차가운 피부가 내 몸에 닿았다.

그 순간.

내가 무슨 짓을 했는지, 나는 별로 말하고 싶지 않다. 중요한 건 세희가 놓아 준 내 오른손이 상처 하나 없이 깨끗하게 변해 있었다는 거니까.

나는 세희에게 말했다.

"아, 고맙다."

세희가 왼쪽 뺨에 튄 피를 닦아 내며 말했다.

"별말씀을."

"우와아아……."

그리고 그런 나와 세희를 염라가 어이없다는 듯 바라보았다.

"왜 그래?"

"……알고는 있었지만 너희 둘은 정말 신기한 관계인 것 같아서어."

나도 그렇게 생각한다.

……애초에 평범한 관계인 애들이 없지만.

아, 지금 딴죽이나 걸 때가 아니지.

나는 염라에게 말했다.

"그보다 허락받았다는 일이라는 게 이거였어?"

고개를 끄덕이자 앞으로 흘러내린 관을 다시 고쳐 쓰며 염라가 말했다.

"세희와아 만나는 게 요괴의 와앙에게 가장 조으은 선물이 될 것 같아서어."

너, 정말 좋은 녀석이구나?

잘은 모르겠지만, 염라가 누군가에게 허락을 받았다는 말은 내가 세희를 만나는 게 이 녀석의 권한 밖이었다는 이야기나 다름이 없다.

세희의 재판에서 공명정대한 입장에 서고 싶은 게 이유라 한들, 염라의 호의가 빛을 바라지는 않는다.

내가 그 사실에 다시 한 번 진심을 다한 감사의 인사를 하려고 할 때.

"하아아……."

염라가 눈을 살짝 내리깔고 낮은 한숨을 쉬었다.

"그런데 역시 나하고는 안 어울리는 괜한 짓이었던 것 같아야."

야, 그렇게 말하지 마라. 내가 다친 건 내가 바보짓을 해서 그런 거니까. 내가 지금 얼마나 고마워하고 있는데?

"아니야."

나는 딱 잘라 부정하고서 염라에게 고개를 꾸벅 숙였다.

"세희를 만나게 해 줘서 정말 고마워. 걱정이 많이 됐거든. 세희가 여기서 어떻게 지내고 있을지 말이야."

일단 지옥이니까 말이다.

"세희를 만나게 해 준 건, 내게 있어 정말 최고의 선물이야. 정말 고마워."

"……."

진심으로 한 말인데 나를 바라보는 염라의 표정은 미묘하기 짝이 없다.

"왜 그래?"

"역시 요괴의 와앙은 재미있구나 싶어서어."

"어딘가의 사신이 한 명대사를 염라대왕님께서 말씀하시니 그 느낌이 새롭군요."

나는 눈동자만 옆으로 돌려 세희에게 말했다.

"넌 좀 가만히 있어라."

"그러면 안 되지이."

무슨 소리인가 싶어 다시 시선을 돌리니.

염라가 영차, 하고 의자에서 내려왔다.

의자에 앉았을 때나 바닥에 서 있을 때나 나와 눈높이가 그다지 달라지지 않은 염라가 말했다.

"그러면 나는 쉬러 가 볼 테니까아. 해시(亥時)를 알리는 종이 치면 요괴의 와앙도 돌아가야 해, 알겠지이? 꼭이다아?"

나는 말했다.

"……해시가 뭐야?"

"……."

"……."

"아, 아니. 그렇게 보지 말아 줄래?"

나도 대충 해시가 뭔지는 아니까 말이야. 왜, 해시계도 있잖아? 그러니 해시도 시간을 뜻하는 거 아니겠어? 나는 단지 정확하게 알고 싶을 뿐이라고!

하지만 이런 내 변명에 세희의 시선은 더욱 더 차가워졌고, 나는 고개를 절레절레 흔들고서 아무 말 없이 바에서 나가는 염라의 뒷모습을 봐야만 했다.

"하아……."

세희의 한숨 소리에 다시 고개를 돌렸지만.

"뭐가."

"해시라는 것은 12지간 중, 돼지를 뜻하는 해(亥)의 시간. 즉, 21시부터 23시까지의 시간을 뜻합니다."

"……그, 그랬냐?"

해, 해시계에서 따온 거 아니었어?

그래서 염라가 그렇게 어이없다는 듯이 본 건가?

"그러면서도 뒷걸음질 치다 쥐는 잘 잡으시니……."

"시, 시끄러."

이번 기회에 잘 알게 됐으니까 된 거잖아!

응! 그렇게 생각하자! 내가 상식이 부족한 거야 하루 이틀 일도 아니고!

나는 부끄러움을 잊기 위해서 화제를 돌렸다.

"그보다 말이다."

세희가 말했다.

"말을 돌리려고 노력하시는 모습이 안쓰러워 보여 넘어가 드리겠습니다."

"아, 그래 고맙다."

그냥 넘어가면 네가 아니지.

"넌 여기서 뭘 하고 있는 건데?"

"보면 모르시겠습니까?"

세희가 보란 듯이 유리잔을 닦았다.

일류 바텐더와 같은 연륜이 느껴지는 게 신기하지만, 이 녀석이 살아온 세월이 5천 년이 넘으니까 그다지 이상할 것도 없지.

"넌 뭘 해도 전문가처럼 보인단 말이야. 귀신으로 오래 지내서 그런가?"

그리고 난 내 생각을 입에 담았다.

"……."

나는 마주 노려보며 말했다.

"왜, 내가 틀린 말했냐?"

"……강단이 많이 느셨군요."

"그야, 뭐, 그렇지. 누구 덕분에 말이야."

이승에 돌아가면 치과부터 가 봐야겠군.

어금니가 갈린 것 같으니까.

나는 다리를 꼬고 턱을 괸 채 세희를 꼬나보며 말했다.

"그래서 말이다. 너, 나한테 할 말 없냐?"

세희가 과장되게 손으로 입가를 가리고는 놀라는 척을 하며 말했다.

"이런! 제가 경황이 없어 아직 오더를 받지 않았군요! 원하시는 음료를 말씀해 주시겠습니까? 청산가리부터 바트라코톡신까지, 없는 게 없습니다."

바트…… 뭐시기는 몰라도 청산가리가 독극물이라는 사실은 나도 알고 있다.

즉, 먹고 죽어라 이거죠.

하고 싶은 말은 산더미 같았지만 그랬다가는 이 녀석이 또 말을 돌리겠지.

계속해서.

종이 울릴 때까지.

"……그러고 보니까 말이야."

그래서 나는 말했다.

"이곳에서 벗어나는 방법을 모른다는 거짓을 아뢰어 죄송합니다~ 였나?"

세희의 어깨가 움찔했다.

"그 다음에는, 그럼에도 포기하지 않아 주셔서 감사합니다~ 였고."

그러거나 말거나 나는 내가 할 말을 했다.

"제 뜻대로 움직여 주지 않아 주셔서 감사합니다~ 라는 말도 했어."

이런 상황을 위해 준비해 두었던 그 말을 능글맞은 목소리로 말이지.

"저조차 포기했던 제 두 번째 계획을 이루어 주셔서 감사합니다~ 라는 말은 참."

실내를 비추는 불빛 때문인지 평소와 달리 새하얀 피부가 달아오른 것처럼 보이는, 하지만 자세히 보면 별 변화가 없는 세희가 말했다.

"갑자기 무슨 말씀을……."

그러거나 말거나.

"주인님을 그토록 사랑해 주셔서 감사합니다, 같은 말을 할 줄은 상상도 못했다."

나는 내가 할 말만을 할 뿐이다.

"제 오랜 한을 풀어 주셔서, 푸흡, 감사합니다."

"그만하시지요."

이제야 나를 보는구나?

그래서 나도 놀리는 것을 그만두고 세희를 똑바로 올려다보며 말했다.

"뭐가 주인님과 영원히 행복하시길 바랍니다, 성훈 님이냐."

세희가 눈살을 찌푸리며 말했다.

"……저를 놀리시는 게 그리 즐거우십니까, 성훈 님?"

"응!"

이때 내가 지은 미소는 랑이의 해바라기 같은 미소와 견줘봐도 지지 않을 정도로 환하였다 한다.

순간적으로 세희가 할 말을 잃을 정도로 말이지.

"야, 그동안 내가 당해 왔던 게 얼만데. 이 정도는 네가 이해해야지."

말은 안 했지만, 너 때문에 내가 한 개고생도 있고 말이야.

"이번이 처음이자 마지막일 것입니다."

"네가 말만 안 돌리면 말이지."

나를 죽일 듯이 노려보는 세희의 표정을 보아 지금부터는 화제를 피할 생각이 없는 것 같다.

"그래서 말이야."

"예."

"너라면 당연히 나와 랑이가 지옥까지 따라올 거라는 것 정도는 예상했을 테고."

"……."

세희의 무표정에 확신을 얻은 나는 말을 이었다.

"우리가 너를 구할 수 있는 방법도 생각해 놨겠지?"

내가 세희를 만나고 싶었던 이유 중 하나가 이거다.

이 녀석은 언제나 먼 앞을 내다보며 걷는다.

평범한 나로서는 상상할 수 없는 가능성을 염두에 두고, 그 상황에 대비해 수없이 많은 정답을 준비해 놓는다.

그런 세희이니 만큼, 분명 이번에도 나와 랑이는 생각하지 못한 저승에서 도망쳐 나오는 방법까지 생각은 해 뒀을 거다.

자기 발로 들어온 녀석이 자기 발로 나갈 수 있는 방법을 생각한다는 것 자체가 웃기는 일이지만…….

그 웃기는 짓을 하는 게 세희다.

그 방법을 내게 알려 줄 것인가, 는 다른 이야기지만.

"그렇습니다."

"뭔데."

세희가 말했다.

"성훈 님께서 주인님의 손을 잡고 이승으로 돌아가시는 것입니다."

이 녀석이 계속 나를 그때처럼 이름으로 부르고 있다는 건 일단 넘어가고.

나는 세희에게 보란 듯이 인상을 쓰며 말했다.

"그럴 거였으면 내가 그 개고생을 한 다음에 쉬지도 않고 지옥에 왔을 리가 없지."

세희가 손으로 입가를 가리며 말했다.

"이곳에는 관광을 목적으로 오신 것 아니셨습니까?"

"그거 염라가 먼저 말했다."

손을 내린 세희의 입가에는 옅은 미소가 걸려 있었다.

"염라대왕님께서 제 농담이 꽤나 마음에 드셨나 보군요."

네가 먼저 한 거였냐!

"……염라한테 이상한 물 들이지 마라."

"세상에."

아, 이 녀석. 일부러 눈을 크게 뜨며 놀라는 척을 하는 걸 보니 또 헛소리하려고 한다.

"설마 염라대왕님까지 성훈 님의 하렘 멤버에 넣으실 생각이 드신 겁니까?"

봐 봐.

덕분에 상처 하나 없는 오른손이 다시금 아파 오네.

"너 때문에……."

아니, 잠깐만.

또 세희가 원하는 대로 흘러갈 뻔했네.

"그런 이야기로 시간 낭비하고 싶지 않다."

"그렇습니까?"

세희가 오묘한 미소를 지으며 말했다.

"염라대왕님과의 사이가 좋아지는 것은 성훈 님께서 세운 계획과 연관이 있지 않습니까."

그건 또 어떻게 알았냐?

"……너, 솔직히 말해. 여기서도 요술 같은 거 쓸 수 있지?"

세희가 어깨를 으쓱거렸다.

"저는 하늘이 금기로 정한 요술을 사용한 대죄인. 그런 제가 어찌 그럴 수 있겠습니까? 그저 성훈 님께서 제 손바닥 위에 계실 뿐입니다."

"그런 것치고는 갑자기 나타났잖아."

"그건 귀신이라면 누구나 할 수 있는 특기 같은 것입니다."

"그럼 내 손을 낫게 해 준 건?"

"의술입니다."

이야, 요즘 의술은 요술의 경지에 다다랐구나!

아, 아니. 지금 이런 이야기나 할 때가 아니다. 어느새 또 세희의 교묘한 화술과 한 가지 이야기에 집중하지 못하는 내 성격이 맞아떨어져서 이야기가 옆으로 샜어.

……인정하기는 싫지만, 이 녀석과의 대화가 즐겁다는 것도 한몫하고 말이야.

"후훗."

그런 생각을 하고 있을 때, 세희가 낮게 웃었다.

"뭐가 그렇게 웃긴데?"

"설마 성훈 님과 다시금 이런 대화를 나눌 수 있을 거라고는 생각하지 못했기 때문입니다."

"……생각 못했다고?"

내가 너를 따라 저승에 올 걸 알고 있었으면서?

"물론 성훈 님께서 저를 따라 저승에 오실 것은 짐작하고 있었습니다만……."

세희가 엄지를 세우며 말했다.

"저는 하늘이 정한 금기를 어긴 대죄인. 그런 저를 만나기 위해서는 염라대왕님의 호의가 필요한 상황이었습니다. 그런데 유년기 시절, 독기로 시꺼멓게 물든 혓바닥을 제멋대로 놀리시던 성훈 님께서 혀로 지은 죄가 없기에 염라대왕님의 호의를 사서 저와 다시 만날 수 있는 기회를 잡을 수 있으리라고 그 누가 감히 상상이나 할 수 있었겠습니까?"

사람은 할 말이 없어지면 욕을 하고 싶어지거나 폭력을 쓰고 싶어진다.

나는 세희의 엄지를 잡아서 뒤로 꺾어 버리고 싶은 욕망을 참으며 말했다.

"자, 자꾸 이야기가 옆으로 새는데 말이다."

"제 입장에서는 이것이 올바른 이야기의 흐름입니다."

"그건 내 알 바 아니고."

나는 억지로 내가 원하는 화제로 이야기를 돌렸다.

"너한테 물어볼 게 있으니까 솔직하게 대답해."

"저는 지금껏 성훈 님께……."

나는 세희의 말을 끊었다.

"너, 재판의 결과가 어떻게 나와도 받아들일 생각이지?"

세희는 씁쓸한, 하지만 확고한 의지가 드러나는 미소를 지으며 살며시 고개를 끄덕였다.

"……하아."

세희가 저승에 잡혀갔다는 이야기를 들었을 때부터, 어느 정도 짐작은 하고 있었다.

염라의 호의로 생긴 이 소중한 시간에 앞으로의 대책을 마련하는 것보다 잡담이나 나누려고 하는 모습에서도 눈치챌 수 있었고.

무엇보다, 그쪽 세계에서 내게 마지막으로 보인 모습. 그때의 세희는 자신이 원하는 것을 다 이루었다는 듯한, 이 세상에 미련은 없다는 듯한 모습이었으니까.

이유는 모르겠지만, 이 녀석은 자신에 대한 변호를 포기한 채 그저 재판 결과가 나오기만을 기다리고 있다.

물론 나도 알고 있다. 사람이 죄를 지으면 그 경중에 따라 벌을 받아야 한다는 것을.

하지만 그와 동시에 그 누구나 스스로를 변호할 권리를 가지고 있다는 것 또한, 나는 알고 있다.

세희는 그 권리를 일치감치 포기했기에, 내가 여기 있는 거고.

……생각하니까 화나네.

나는 내 손을 꼬옥 잡아 주던 랑이를 떠올리며 화를 가라앉히고 세희에게 말했다.

"왜."

"그것이 주인님의 행복을 위한 일이기 때문입니다."

내 오른손이! 내 오른손에 봉인된 폭력의 화신이!!

나는 왼손으로 오른손을 지그시 아래로 누르며 말했다.

"랑이가 너 때문에 운 건 알고서 그딴 개…… 아니, 말을 하냐?"

세희가 시선을 돌리며 말했다.

"……그러실 거라 생각했습니다."

이 씨…….

아니, 좋은 말 고운 말을 써야지.

야, 이 신발 제조년도야.

그런 죄책감으로 가득한 슬픈 표정을 지을 거였다면, 애초에 랑이한테 상처 입힐 짓을 하지 말라고!

나는 감정을 찍어 누르며 말했다.

"그걸 알면서, 랑이의 행복을 위해 스스로 저승에 왔고 염라의 재판에서 아무런 변호도 하지 않은 채 재판 결과에 따라 항소도 하지 않고 순순히 벌을 받을 거라는 소리를 한다는 게 말이 돼?"

나는 아무 말도 하지 않는 세희를 몰아세웠다.

"솔직히 말해 봐. 넌 정말 랑이의 행복을 위해서 행동하고 있냐? 그저 단순히 네가……."

"성훈 님."

천근같이 무거워 보이던 세희의 입술이 열렸다.

“알고 계십니까? 사람의 욕심은 끝이 없고 그 욕심은 **사람을 변질시킨다는 것을.**”

“세상 사람 모두 아는 이야기로 말 돌릴 생각하지 말고.”

“성훈 님께서는 사람이 아니시지요.”

멍멍!

반인반선이라는 걸 이야기하는 것 같지 않아서 한 번 짖어 줄까 했는데, 세희가 말을 이었다.

“저 또한 사람이었던 이.”

세희가 말했다.

“지금의 저는 아사달 오라버니께서 다른 세계에서나마 천수를 누리시기를 바랐던 소망을 성훈 님께서 이루어 주신 것을 마음속 깊이 감사드리고 있습니다.”

기분 탓일까.

“하지만 그 마음이 백 년, 천 년, 만 년 넘게 이어질 거라고는 보지 않습니다.”

갑자기 추워진 것 같은데.

“왜냐하면, 저 또한 인간의 마음을 가지고 있기 때문입니다. 먼 훗날 언젠가, 지금은 포기한 소망이 언젠가 제 마음을 가득 채우고 저를 움직이도록 하겠지요.”

세희가 포기했던 소망.

그건 세희가 그 검은 구체 안에서 알려 주지 않았던 첫 번째 계획을 이야기하는 거겠지.

그때는 몰랐던, 하지만 지금은 알게 된 세희의 첫 번째 계획에 대해 언급하려 했지만.

"그렇기에 저는 훗날 찾아올 비극을 막기 위해 이곳에 왔고, 이곳에서 제 명을 끝낼 생각입니다."

세희가 입을 여는 것이 빨랐다.

그에 몇 가지 생각이 떠올랐고, 나는 그것을 세희에게 말하고 싶었다.

그건 모두 세희의 주장을 논리적으로 반박할 수 있는 것들이었으니까.

상대가 세희라 할지라도 지금의 나라면 우위에 설 자신이 있다.

하지만 나는 그것들을 입에 담지 않았다.

세희와 논쟁을 벌여 봤자 아무런 의미가 없으니까.

마음 속에 철벽의 성채를 세운 세희를 말로 설득하는 건 불가능이라는 걸 알고 있으니까.

그래서.

"……너, 기억하고 있냐?"

나는 먼 과거의 일처럼 느껴지는 그날 밤을 떠올리며 세희에게 말했다.

"결국 말이야. 이 모든 일의 시작은, 네가 자신을 희생하는 꼴을 내가 보기 싫어서였다는 거."

미움을 사는 것과 목숨을 잃는 것.

그 둘은 분명 무게의 차이는 있을지언정, 세희의 입장은 변하지 않았다.

잘 생각해 보면 나와 처음 만났을 때부터 세희의 입장은 언제나 변함이 없었다.

세희는 나와 랑이를 위해서 언제나 싫은 역을 도맡아 왔다.

그건 먼 옛날.

아사달이 목숨을 잃게 된 책임이 자신에게 있다고 생각했기 때문이겠지.

사하 영주를 막기 위해 자신의 욕망을 죽이고 자신을 희생했다면 다른 결과가 나왔을 거라고 생각하고 있기 때문이다.

그렇기에 세희는 자신을 희생하는 방식을 거리낌 없이 선택할 수 있는 거다.

아사달을 위해 하지 못했던 희생.

그 죄책감을 잊기 위해서.

세희가 대답했다.

"기억하고 있습니다."

입가를 슬쩍 올리면서.

"제가 마음속에 간직하고 있던 소망에 불을 지피셨던 날이니까 말이죠."

……지금 제가 나쁘다는 투로 이야기하는 거 맞죠?

"뭐야, 내가 그때 그런 말을 안 했으면 이런 일이 일어나지 않았을 거란 듯이 말한다?"

세희가 고개를 끄덕였다.

"예."

"……."

"……."

"……진짜냐?"

세희는 잠깐 뜸을 들인 뒤 아리송한 미소를 지으며 말했다.

"성훈 님께서는 어떻게 생각하십니까?"

이럴 때 짓는 세희의 미소는 나라도 그 본의를 읽기 힘들다.

한 가지는 알 수 있었지만.

"또 그렇게 말 돌리지 말고."

지금은 원인과 결과를 통해 잘잘못을 따질 때가 아니니까. 애초에 이 모든 일의 책임을 질 녀석은 정해져 있기도 하고.

나는 미묘한 미소를 지은 세희에게 말했다.

"결국 네가 하고 있는 말은 그때와 달라진 게 없잖아."

그날 밤의 열기를 떠올리면서.

"나와 랑이의 행복을 위해서 스스로를 희생하겠다."

이 꽉 막힌 녀석은 절대로 인정 안 하겠지만.

"제 생각은 다릅니다."

내 예상대로 세희는 고개를 저었다.

"지금 이 일에 대한 본질을 이야기하자면, 결국은 스스로의 욕심으로 인해 금기를 범한 제가 그에 대한 처벌을 겸허히 받고자 하는 것일 뿐입니다."

아, 다르고 어, 다르다고는 하지만 결국 그 본질은 '말'인 것이다.

지금 나와 세희가 하는 짓은 선물의 포장지를 서로 자기 취향에 맞춰서 바꾸는 거나 다름없다는 거지.

"그러냐."

"그렇습니다."

"그래. 알겠다."

그렇다면 더 이상 세희와 할 이야기는 없다.

계획대로 세희에게 직접 확인해 보고 싶었던 일들은 모두 확인했다. 그로 인해 지금부터 내가 할 일에 대한 확신 또한 얻었다.

그렇다면.

"더 이상 이야기해 봤자 소용없겠네."

나는 자리에서 일어났고 세희는 말했다.

"제 귀에는 지금부터 실력 행사를 하신다고 들립니다."

나는 이미 알고 있는 대답 대신 어깨를 으쓱했다.

그런 나를 바라보며 세희는 씁쓸한 미소를 지었다.

그 미소를 보기 싫어 내가 등을 돌린 순간.

"부탁입니다, 성훈 님."

저 먼 곳에서 울리는 종소리와 함께.

너무나 간곡한 목소리로.

세희가 간청했다.

"부디 제가 끝마치는 이야기를 쓰는 것을 허락해 주시기 바랍니다."

나는 대답하지 않았다.

글쓴이의 끼적끼적

안녕하세요, 카넬입니다.

그동안 잘 지내셨는지요. 저는 잘 지내고 있습니다.

독자님들께서 많이 걱정해 주신 덕분입니다.

덕분에 건강도 많이 좋아져서 이렇게 원고를 하고, 마감을 치고, 책도 낼 수 있게 되었습니다.

정말 감사합니다.

인터넷에서 저를 걱정해 주시는 글을 보면 힘이 났고, 조금이라도 빨리 나아야겠다는 생각이 들었습니다.

……물론, 세상일이라는 게 생각처럼 되는 게 아닙니다만.

그렇습니다.

세상일이라는 건 생각처럼 되는 게 아니라서, 계획대로라면 2부 완결권이 되어야 했던 2부 9권이 완결권이 아니게 되어 버렸습니다.

우리 한 권 더한다!!

유명한 미국 드라마의 한 장면이 떠오르네요.

언제나 그렇지만 독자님들께서 이번 이야기를 재미있게 읽으셨는지가 가장 궁금하군요. 작가라는 건 언제나 독자님들께서 계신 덕분에 존재할 수 있거든요.

작가라는 건 독자님들께서 글을 읽어 주시는 덕분에 존재할 수 있거든요!

중요하니까 두 번 말하고 강조까지 했습니다.
글을 쓰는 건 누구나 할 수 있지만, 작가라고 자신을 소개할 수 있으려면 독자님들께서 계셔야 합니다. 그렇지 않으면, 그저 골방에서 혼자 글을 쓰며 히죽히죽 웃으면서 어린애들 귀여워, 사랑스러워, 우히힛 하다가 부모님께 이끌려 병원에 가서 정신과 치료를 받아야 하는 불쌍한 30대 중반의 남성이 하나가 생길 뿐이니까요.
다시 한 번 독자님들께 나호를 읽어 주셔서 정말 감사하다는 말씀을 드리고 싶습니다.

다시 돌아와서.
완결권 바로 전인데 새로운 아이들이 짠! 하고 나왔습니다.
괜찮을까! 이래도 괜찮을까!
뭐, 편집부에서 아무 말도 없었으니 괜찮겠죠.

이번에도 영인 님께서 염라와 마마와 우마를 정말 귀엽게 그려 주셨습니다. 특히 옷의 디자인의 경우, 저의 지리멸렬한 설명과 자료에도 불구하고 특징을 잘 잡아 주셔서 정말 감사할 뿐입니다.

역시 나호는 영인 님이 안 계시면 안 된다니까요. 영인 님 없는 나호는 상상할 수가 없죠. 언제나 믿고 의지하고 있습니다. 앞으로도 잘 부탁드립니다.

나호 만화판에서 드디어 성의 누나가 등장했습니다.

모든 이야기에 애착이 있지만, 그 중에서도 7권은 제 나름대로 애착이 있는 이야기입니다. 그래서 더욱 윤재호 작가님께서 그려 주시는 성의 누나와의 이야기는 기대하고 있습니다.

……아, 알몸 같은 걸 기대하고 있는 거 아니니까요!

뭔가 주절주절 이야기를 많이 한 것 같습니다.

그만큼 이 자리에서 독자님들을 뵙는 것을 바라고 있었다고 생각해 주시면 정말 고맙겠습니다.

다시 한 번, 지금까지 나호를 사랑해 주셔서 감사하다는 말씀을 올리며 이만 줄이겠습니다…… 는 완결권에서 써야 하는 말이군요.

그렇다면 이번 권의 후기는 다음과 같이 끝마치는 것이 좋겠군요.

부디 제가 계속되는 이야기를 쓰는 것을 허락해 주시기 바랍니다.

◆본 작품의 의견, 감상을 기다리고 있습니다◆

보내실 곳 _

서울시 구로구 디지털로 26길 111 JnK디지털타워 503호
우편번호 08390
(주) 디앤씨미디어 시드노벨 편집부

카넬 작가님 앞
영인 작가님 앞

카넬 시드노벨 저작 리스트

『나와 호랑이님』 18
『나와 호랑이님』 17.5
『나와 호랑이님』 17
『나와 호랑이님』 16
『나와 호랑이님』 15
『나와 호랑이님』 앤솔로지 2
『나와 호랑이님』 14.5
『나와 호랑이님』 14
『나와 호랑이님』 13
『탐정의 왕』 앤솔로지
『나와 호랑이님』 12
『나와 호랑이님』 11
『나와 호랑이님』 10
『나와 호랑이님』 앤솔로지
『나와 호랑이님』 9
『나와 호랑이님』 8.5
『나와 호랑이님』 8
『나와 호랑이님』 7
『나와 호랑이님』 6
『나와 호랑이님』 5.5
『나와 호랑이님』 5
『나와 호랑이님』 4
『나와 호랑이님』 3.5
『나와 호랑이님』 3
『나와 호랑이님』 2
『나와 호랑이님』
『나와 비행소녀』

나와 호랑이님 18

1판 1쇄 발행 2018년 5월 1일
1판 3쇄 발행 2019년 6월 14일

지은이_ 카넬
발행인_ 신현호
편집장_ 이환진
책임편집_ 유석희
편집부_ 유석희 송영규 이호훈
편집디자인_ 한방울
국제부_ 정아라 전은지
영업 · 관리_ 김민원 조인희

펴낸곳_ (주) 디앤씨미디어
등록_ 2002년 4월 25일 제 20-260호
주소_ 서울시 구로구 디지털로 26길 111 JnK디지털타워 503호
전화_ 02-333-2513(대표)
팩시밀리_ 02-333-2514
E-mail_ seednovel@dncmedia.co.kr
홈페이지 www.seednovel.com

값 7,200원

ISBN 979-11-6145-086-5 04810
ISBN 979-11-956396-9-4 (세트)